LE CENSEUR

DU

DICTIONNAIRE

DES GIROUETTES.

IMPRIMERIE DE Mme. V^e. PERRONNEAU,
quai des Augustins, n°. 39.

LE CENSEUR

DU

DICTIONNAIRE

DES GIROUETTES,

OU

LES HONNÊTES GENS VENGÉS;

Par M. C. D****.

A PARIS,

Chez Germain MATHIOT, libraire, quai
des Augustins, n°. 25.

SEPTEMBRE 1815.

Les Exemplaires exigés par la loi ont été déposés. Je préviens, en conséquence, que je poursuivrai tout contrefacteur ou débitant de cet ouvrage, dont les exemplaires ne seraient pas revêtus de ma signature.

Paris, 8 septembre 1815.

AVIS.

Les méchancetés s'accréditent si vîte, que je me suis empressé de répondre au *Dictionnaire des Girouettes*. Pour justifier tous les honnêtes gens impliqués dans cette mauvaise compilation, il eût fallu du tems et du travail. Afin d'arrêter le mal dans sa source, je me suis hâté de donner ce premier volume ; je travaille un Supplé-

ment. Je le méditerai sagement ;
on y trouvera les noms respectables que je n'ai pu comprendre
dans le premier volume.

C. D****.

INTRODUCTION.

Il est certaines choses dans ce bas monde,
qui tout à-la-fois inspirent le rire et la pitié. La
préface mise à la tête de la seconde édition du
Dictionnaire des Girouettes réunit ces deux qualités. Voltaire, après avoir conçu la Henriade,
se serait moins caressé que les modestes auteurs
de cette froide compilation. Si chaque colla-
borateur de cet ouvrage pouvait s'embrasser
soi-même ; je ne doute pas que, nouveau Nar-
cisse, il n'expirât dans l'égoïsme de ses baisers.
Leur livre, selon eux seuls s'entend, respire
l'intérêt de l'histoire, offre une grande pensée
morale susceptible des développemens les plus
utiles. Je veux être la dernière des Girouettes,
si je n'ai rien trouvé de tout cela dans ce pauvre
Dictionnaire ; je ne crois pas que le lecteur me
démente. Si l'intention du mal équivaut au génie
nécessaire pour le faire, l'ouvrage, il est vrai,
ne serait pas sans mérite ; mais grâce à Dieu,
on ne fait pas de profondes blessures avec le
chapeau d'un Gilles.

En se pavanant de la seconde édition, les auteurs du Dictionnaire ressemblent à ces charlatans qui, le lendemain d'une vente assez heureuse, vantent au public le poison qu'ils ont vendu la veille. Ils ignorent que le débit du livre tient au mérite des personnages qu'il renferme, et non aux talens de ceux qui l'ont rédigé. Exposez dans une misérable échoppe, de superbes statues, de magnifiquès tableaux, les amateurs s'y rendront en foule ; ils admireront les chefs-d'œuvre mis à l'exposition, et dédaigneront le local. On recherche l'huître et non la coquille.

Les auteurs-Girouettes disent qu'ils n'ont jamais pû parvenir à faire un Dictionnaire des hommes invariables : ces pauvres compilateurs ont donc bien peu de moyens ! C'est aujourd'hui le livre le plus facile à faire. Car jamais il ne fut un aussi grand nombre d'hommes plus invariablement méchans, plus invariablement enclins à déchirer les gens de bien, à rechauffer les haines, et à grossir les malheurs de notre patrie.

LE CENSEUR

DU

DICTIONNAIRE

DES GIROUETTES.

———

Sɪ la peste ne donne pas des pensions ,
on compile tous les jours des feuilles
mensongères avec lesquelles ont fait des
livres presqu'aussi dangereux que la peste.
C'est au nombre de ces ouvrages que
l'on pourrait mettre le *Dictionnaire des
Girouettes*, s'il avait seulement une parcelle du talent et de l'esprit qui doivent
constituer un livre, quel qu'il soit, fût-ce
même un léger pamphlet. Mais grâce à

ɪ

l'être qui mit de tout tems le remède à côté de la blessure, le Dictionnaire des Girouettes ne fera pas le mal que, dans les circonstances, il pourrait produire. C'est bien la rapsodie la moins piquante, l'œuvre le plus plat que de mémoire d'homme on ait écrit. Un auteur a dit que, depuis Adam jusqu'à ce jour, on avait fait plus de livres qu'il n'y a de mensonges dans tous les journaux de notre révolution. Ce n'est pas peu dire; et cependant c'est vrai : néanmoins, je défie que l'on me cite, même au tems de nos plus sanglans orages, un livre aussi niaisement exécuté, et sur-tout dans d'aussi dangereuses circonstances.

Faire un volume, même avec les lambeaux d'autrui, est donc une fureur que l'honneur et la probité, l'amour de la patrie et l'estime de soi-même ne sauraient réprimer, puisque de nos jours on ne rougit pas de publier les plus dangereuses compilations.

Anglais, Russes, Prussiens, Europe enfin, vous ne suffisez pas aux malheurs de notre infortunée patrie ; des Français se joignent tous les jours à vous pour la déchirer et la livrer à l'opprobre des nations ! Qu'ai-je dit ? des Français ! non certes, ceux-là ne sont pas des Français, qui cherchent journellement à rendre méprisables, pour ne pas dire criminels, des milliers d'hommes, la plupart innocentés par les circonstances, quelques-uns séduits et les autres faiblement coupables.

Quiconque n'aurait point lu le Dictionnaire des Girouettes croira peut-être qu'il s'agit de quelques individus sans mérite et sans réputation, de quelques coupables dans les derniers évènemens qui se sont passés : ici c'est autre chose ; ceux que les auteurs, ou plutôt les compilateurs de l'ouvrage nouveau, ont prétendu livrer à l'animadversion des Français et des étrangers, sont ce que la France a de plus recommandable auprès du roi, près des princes, dans les ministères, dans les conseils, dans les autorités civiles, religieuses et guerrières, dans les coùrs souveraines, les sciences et les arts!

Vainement les auteurs· de cet ouvrage ont voulu déguiser leurs mauvaises intentions sous le voile du badinage; leurs gentillesses sont tout au plus de froides ironies aussi glaciales que leur style. Grimacer n'est pas rire; et une sottise en *caractères italiques*, ne passera jamais pour un bon mot chez ceux même qui voudraient la trouver telle.

Si ces auteurs, étrangers au bonheur de leur patrie, n'ont point réfléchi aux dangers de leur compilation dans un moment où tout ce qui existe en France a besoin de tout oublier; s'ils n'ont point calculé que la haine de tel individu n'attend souvent qu'un léger signal pour se venger d'une injure personnelle; ces auteurs, dis-je, sont d'imprudens Français que l'ineptie de leur ouvrage peut seule excu-

ser un moment aux yeux de l'homme de
bien.

Si leur ignorance complette des résultats leur sauve une partie des torts qu'ils
auraient; si leurs intentions sont vraiment
coupables, que serait-ce donc si leur but
était de livrer au mépris des étrangers et
à la haine de leurs concitoyens, des hommes
dont la masse est absolument nécessaire
au gouvernement? Leur crime serait en
proportion du mal qu'ils feraient; et pour
ne point paraître injuste envers eux, j'ex-
poserai dans cet écrit les dangers de leur
Dictionnaire; ouvrage que j'aime mieux
imputer à leur ignorance qu'à leur mauvais cœur ou à leur incivisme.

Quiconque écrit, doit au public l'exposition des motifs qui lui mettent la plume
à la main; cette dette une fois remplie,
le lecteur saisit mieux et vos idées, et
la couleur de votre style. Quel que soit
un ouvrage, sur-tout en politique, il y
perce toujours les nuances d'un parti,

l'auteur ne fût-il d'aucun, chose presqu'impossible : que doit faire alors un
écrivain ? plaider la bonne cause, celle
qui comporte le bonheur général, qui
toujours se compose des vertus particulières des individus. Un bon père au milieu
de ses nombreux enfans, peut trouver
le bonheur et faire celui de son heureuse
famille, quoique les membres qui la composent ne soient pas tous vertueux; pourquoi? parce que le chef de famille fait servir
les qualités de ses meilleurs enfans à mitiger
la rudesse et les écarts des autres; il ne
sourira pas aux dénonciations des bons;
il leur dira seulement : faites, par votre
douceur et votre indulgence, rougir secrètement ceux qui sont assez à plaindre
de ne pas vous ressembler. De même
un bon prince peut, au milieu de ses
peuples, rencontrer la gloire et le repos,
et procurer à ses nombreux sujets le bonheur et la paix.

Ce tableau charmant et pris dans la

nature, est tellement méconnu de nos
jours, je ne dis pas de la part du monarque, mais bien de plusieurs de ses
sujets, que souvent un homme de bien
n'est pas le maître de ne point tonner
contre ces derniers.

C'est ainsi qu'un moment ému contre
les auteurs du Dictionnaire des Girouettes,
je les ai jugés avec une sévérité justifiée,
et par leur ouvrage et par l'intérêt que
devrait leur inspirer notre malheureux
pays.

Nul sentiment de haine, nul attache-
ment particulier aux individus ne guide-
deront ma plume : la cause de ma patrie,
de mon infortunée patrie, voilà quel sera
mon texte, le seul sur lequel j'appuye-
rai.

Patrie ! ce mot ne serait-il plus aujour-
d'hui que six lettres insignifiantes, mises
les unes au bout des autres ? Il est, à la
vérité, dans bien des bouches ; mais quel

cœur fait-il battre? à quel homme arrache-
t-il la vérité, au péril même de la dire?
Je l'ignore; et le roi n'est, sous ce rapport, pas plus instruit, je crois, pas plus
satisfait que moi. Par l'abus que, depuis
vingt ans, on fait de ce mot sublime,
chacun lui donne aujourd'hui l'acception
qui convient à ses goûts, à ses principes
et à sa position. Un courtisan n'a point
de patrie; ses propriétés, ses honneurs,
et le prince qu'il flagorne, lui en tienne
lieu. Cet homme-là peut même, au sein
de son erreur ou de son indifférence, ne
point se croire coupable. Il peut-être bon
père, bon époux, ami sincère, bon voi-
sin et maître indulgent. La masse des
peuples est et sera toujours naturellement
ingrate, parce qu'elle ne peut connaître
la main assez hardie pour la défendre auprès des rois. Cette ingratitude forcée du
peuple, nourrit l'indifférence de quiconque approche les monarques. Toute action qui comporte avec elle de grands

dangers sans intérêts, doit nécessairement être très-rare.

Laîné, président du corps législatif, fait de fortes remontrances à l'empereur Napoléon, et veut le contraindre à respecter les constitutions qu'il a jurées ; qu'en arrivait-il sans la chute du despote ? Laîné, proscrit par le prince, et peut-être condamné par ses pairs, était perdu pour cette même patrie dont il avait si vivement pris les intérêts.

Celui-là seul qui peut faire abnégation de son existence et de son intérêt personnel, est digne de sentir toute la sublimité du mot patrie. Le généreux d'Assas se faisant poignarder plutôt que de garder le silence, Louis XVI préférant ménager des factieux à la douleur d'acheter leur mort dans des flots de sang : voilà les véritables martyrs de la patrie, ceux que l'homme de bien honorera dans tous les tems, dans tous les climats.

Dans l'état dégénéré où nous sommes,

je ne trouverais point déplacé l'édit qui interdirait, momentanément à certaines classes, et le mot patrie, et toute action au nom d'icelle. La raison en serait que les trois quarts des individus séparent le prince d'avec la patrie ; comme s'il était possible de séparer le chef d'avec le corps. Delà, les uns se donnent des ridicules, d'autres commettent des erreurs, et ceux-ci des crimes.

La jeune Dalessan, femme charmante, de qui j'applaudis les premiers bonds de joie qu'elle fit sous les croisées du roi, le jour si desiré de son retour, ne se donne-t-elle pas une assez bonne dose de ridicules, en sautant tous les soirs comme une folle aux Tuileries, et avec le premier venu ? Décemment, des gambades journalières ne doivent pas être l'apanage d'une excellente mère de famille. Nous ne sommes plus malheureusement aux beaux jours où tout finissait par des danses et des chansons : autres tems, autres résultats. Qui ne serait péniblement affecté ; lorsque l'on vient à se dire : là , au même endroit, sur la même pelouse où la foule se démène et s'enroue, il y a deux mois à peine, qu'une foule pareille s'égosillait et sautait pour Napoléon Buonaparte. Pauvre peuple ! tu mérites bien ce que le capitaine anglais Klaffurd, dit à madame Vilarcet qui voulait le contraindre à se mettre en rond : « Madame, si les Français étaient à Londres comme nous à Paris, diable m'emporte, nos belles prendraient le deuil, et ne danseraient pas. »

D'après ce que j'ai vu depuis vingt ans, si j'étais roi, je ne voudrais ni de sauts, ni de cris, j'aimerais mieux des faits : non que je blâme un moment d'enthousiasme ; mais je préférerais à ces bruyans éclats, la manière dont M. Vaubois s'est dernièrement servi pour rallier un individu au parti royaliste. *

Le 8 juillet dernier, lorsque Louis XVIII fit son entrée dans la capitale, M. Vaubois mit un drapeau blanc à sa fenêtre; un nommé Query, compagnon chapelier, rue Saint-Martin, eut l'audace de jeter une pierre dans la croisée de M. Vaubois, et lui cassa deux carreaux; celui-ci le voit, court après, mais il avait disparu. Deux jours après il le voit passer devant sa porte : « Malheureux ! lui dit-il, c'est toi qui, avant-hier, as cassé mes vitres ; » en disant cela il l'entraîne sous sa porte cochère. Frappé de l'extrême misère et de la nudité de l'ouvrier, il monte à sa garde-robe, en descend avec une redingotte, des bas, des souliers, etc., et dit au coupable, en ajoutant dix francs aux effets qu'il lui donnait : « Va, malheureux, te vétir, sois honnête-homme, et ne sers jamais une mauvaise cause. »

Query étourdi de tant de générosité, n'en peut supporter le coup, et tombe à la renverse privé de sentimens. L'état du malade empire, un médecin est appelé, déclare qu'il y a faiblesse de cerveau et aliénation. M. Vaubois fait conduire le moribon à l'hospice; en route il apprend son domicile et l'y fait déposer: tous les soins lui ont été prodigués par ordre de son bienfaiteur. Enfin le 28 juillet dernier, Query, à peu-près convalescent, est venu dans l'intention de remercier M. Vaubois; vainement a-t-il cherché des mots: il n'a trouvé que des larmes; il a seulement dit : « Je n'ai jamais pleuré »... Son bienfaiteur, craignant que la scène ne fût au-dessus des forces de Query, l'a fait finir en lui disant : « Votre repentir est sincère; j'aurai soin de vous. » Query s'est alors écrié. « Tous les Buonapartistes de l'univers viendraient maintenant en France, qu'ils n'auraient jamais mon cœur. »

On dit que cet ouvrier est fils d'un chirurgien de Valenciennes ; je ne le garantis pas : je demande seulement pardon à M. Vaubois d'avoir publié cette anecdote sans l'en prévenir.

J'ai dit plus haut que certaines per-

sonnes, interprétant mal ce qu'elles doivent à leur patrie; se donnent les unes des
ridicules, les autres se livrent à des fougues répréhensibles, et celles-ci enfin
commettent des crimes.

Les gambades des Tuileries ont appuyé ma première assertion : je continue.
Le jeune imprudent qui, le premier, ar-
racha un œillet rouge de la boutonnière
d'un habitant, fit une faute impardonnable. Il donna tout-à-coup de l'importance
à une chose qui n'en avait réellement pas.
Ce fut le signal d'un signal auquel personne ne pensait. Crut-il servir le roi ?
L'indiscret ! l'expérience lui a prouvé le
contraire. Si quelque chose a pu le punir
de son étourderie et des suites malheureuses qu'elle a eues, ce sera, certes, le dé-
saveu formel du monarque. Un tel prince
ne pouvait approuver des agressions qui
mettaient entre ses divers sujets le flam-
beau des discordes civiles.

Maintenant que dirai-je de ceux qui

connaissent mal les intentions de leur monarque, le malheur des circonstances et
l'état tout-à-fait déplorable de la patrie ?
que dirai-je des auteurs du Dictionnaire
des Girouettes ? Avant de poser impartia-
lement mon sentiment sur leur compte,
qu'il me soit permis d'instruire le public
d'un doute que peut-être il partage avec
moi. Le titre de Dictionnaire des Girouettes
ou nos contemporains peints d'après eux-
mêmes, ne serait-il pas une fiction char-
latanique et purement mercantile d'un
libraire avide de vendre du papier en
livres? et M. Alexis Eymery, ne serait-il
pas à lui tout seul, et la société des Girouettes, et le libraire-éditeur? Quand il
ne s'agit que de compiler des journaux,
des vaudevilles, des opuscules, et d'attacher des lambeaux d'ouvrages au bout des
noms des individus, etc., etc., je crois,
Dieu me pardonne, qu'un ancien capitaine
de cavalerie peut faire cela tout aussi bien
qu'un autre; je le préviens cependant qu'il

y a beaucoup plus d'honneur à figurer
aux premiers rangs d'un escadron allant à
l'ennemi, qu'à la tête d'un pauvre livre,
fût-ce un in-folio. Ce qui pourrait encore
donner du poids à ce que j'avance, c'est que
je trouve page 151 de l'ouvrage, le nom
en toutes lettres de ce cher M. Eymery
(Alexis), libraire-éditeur. N'est-ce pas
bien là une de ces petites ruses qu'em-
ploient certains compilateurs, à qui leurs
œuvres font une obligation de se victimer
un peu ?

Si j'ai deviné juste, je dois, tout en
approuvant faiblement le Dictionnaire des
Girouettes, rendre à l'auteur de la gravure allégorique qui décore le volume,
le juste tribut des éloges qui lui sont dûs.
Quelle idée ! quelle profondeur ! L'expression me manque, et je suis obligé de
m'écrier avec certain Mascarille :

Peste soit du grand homme et de tous son esprit !
Je perds à le louer, mon tems et mon crédit.

Quoi qu'il en soit, il serait malheureux

que le malin Nain jaune et certains faiseurs de caricatures, allassent disputer au sieur Eymery l'idée première de cette ingénieuse gravure ; en ce cas, je serais en conscience obligé de retirer les éloges que je lui donne. « A César, ce qui appartient à César. »

Si réellement je me suis trompé sur les véritables auteur de ce livre, si le sieur Eymery n'en est que l'éditeur, je dois lui dire que c'est bien l'éditeur le plus patient, le plus modeste qu'auteur puisse jamais rencontrer. « Ah ! maudits auteurs ! peut-il leur dire ; quoi ! j'imprimerai votre ouvrage à la sueur du front de mes ouvriers, et vous serez assez incivils pour me contraindre à imprimer mon propre nom dans un livre où se trouvent ceux d'un Talleyrand-Périgord, prince de Bénévent, ministre et secrétaire d'état, etc., etc. ; d'un duc d'Alberg, d'un duc de Feltre et tant d'autres ! Il faut avouer que vous êtes bien exigeans et

2

moi bien modeste : et pourquoi, s'il vous plaît, cet empressement que je ne mérite pas, à me classer parmi ces girouettes? parce que j'ai imprimé une année de la vie de l'empereur Napoléon, et le Dauphin, père de Louis XVI et de Louis XVIII?

Oh ! le plaisant projet d'un auteur ignorant !

Si dans les arts mécaniques il ne fallait travailler que pour ceux dont on partage l'opinion, combien d'auteurs seraient contraints et d'imprimer eux - mêmes leurs ouvrages, et de tresser eux-mêmes leurs perruques!

Voilà bien ce que M. Eymery pourrait dire aux auteurs du Dictionnaire, si toutefois il en est innocent. Quant à son opinion sur les arts mécaniques, j'en développerai la justesse dans le cours de cet ouvrage, et tout homme de bon sens raisonnera comme lui. Maintenant que j'ai émis mes soupçons sur le libraire-éditeur, je con-

tinuerai à m'adresser à la Société des Girouettes; et comme avec elles le même
style ne serait plus de convenance, le
lecteur voudra bien que je change de
crayons.

Les auteurs girouettes ont mis à la tête
de leur ouvrage une épigraphe latine qui
n'est pas ce qu'il y a de moins scientifique
dans l'ouvrage :

Verba volant, scripta manent.

les paroles passent, les écrits restent.
Si ce que ces messieurs ont dit pendant
leur vie ressemble à ce qu'ils ont mis
de leur cru dans leur livre, certes leur
paroles passeront, et en cela, ils perdront
peu de choses, et le public y gagnera
beaucoup ; mais quant au livre tout entier,
j'avoue qu'il restera tant..... tant qu'il
y aura des Français indifférens aux malheurs publics, et jaloux de retarder une
réconciliation générale. Nous pouvons donc
espérer que bientôt on ne parlera plus

du Dictonnaires des Girouettes, si ce n'est pour en blâmer ou mépriser les auteurs.

En se désignant sous le nom de Girouettes, ces écrivains se sont mis à leur valeur intrinsèque ; et ce n'est qu'à leur égard que j'aperçois la justesse de l'épithète qu'ils se sont donnée.

Dans un édifice de quelque valeur, qu'est-ce qu'une girouette ? quelle place y tient-elle ? en trouve-t-on le dessin dans les plans de l'architecte ? en est-il fait mention dans les devis de l'entrepreneur ? non : c'est une chose à laquelle on pense le moins dans la construction d'un monument. De même, dans le grand édifice de la société française, les compilateurs du Dictionnaire ont toujours été et seront toujours une parcelle imperceptible, pour ne pas dire plus.

Ces messieurs ont encore, avec la petite machine dont ils ont pris le nom, un rapport qu'il serait inconséquent de passer sous silence. Polluée par l'esprit de parti, rétrécie par le desir du mal, ou glacée par le vent de l'ignorance, leur plume ne dépose sur le papier que des phrases triviales, haineuses et discordantes, qui ne portent dans l'âme du lecteur qu'un sentiment pénible et douloureux.

De même, sitôt que les autans déchaînés ballotent en tout sens une girouette quelquefois rouillée sur son pivot, ses frottemens deviennent aigus, criards et toujours désagréables. Le bruit de ses tournoiemens réveille l'infortuné que l'amour d'une noble indépendance a réduit à se blottir sous le comble de la maison. Le fracas de son mouvement continuel trouble sur son grabat le repos d'une jeune grisette, que de barbares parens ont réduite, dans un septième étage, à travailler tout le jour pour se soustraire, à quatorze ans, soit aux tortures de la faim, soit aux horreurs de la prostitution.

Ce qui m'a prouvé que les auteurs du Dictionnaire manquaient de logique, c'est qu'on les voit, dans leur préface, se battre les flancs pour nous prouver, non pas tout-à-fait la pureté, mais l'indulgence de leurs intentions. Ils sont si mal-adroits qu'on ne saurait être leur dupe : et dans la note qu'ils ont faite, soi-disant en faveur des employés dans les administrations, le bout de l'oreille passe tellement qu'il traîne à terre.

Dans cette note, il est cependant une phrase qui mérite d'être bien éclaircie, d'autant plus qu'elle seule peut donner la solution des intentions de ces compilateurs. Ils disent : « L'ambition, la soif de l'or, la nécessité, le besoin de la gloire, établissent par conséquent d'immenses différences entre tous nos illustres confrères. » Pourquoi donc ces messieurs n'ont-ils pas déterminé la distance qu'il y a entre la soif de l'or, l'ambition d'avec la nécessité, le besoin de la gloire? Pourquoi? par une raison bien simple; c'est que l'on ne fait pas ce que l'on ne peut pas faire. Ils ont pu indiquer des idées; mais les analyser, c'est autre chose. Si j'attribue à leur ignorance l'incertitude où ils laissent leurs lecteurs, c'est que je ne veux pas les croire coupables de donner la préférence à ceux que la soif de l'or et l'ambition ont fait vaciller, sur ceux que le besoin de la gloire et sur-tout la nécessité ont pliés aux diverses mutations de notre révolution.

La soif de l'or et l'ambition sont deux passions fondues avec le caractère de l'homme, quel qu'il soit; nier cette vérité c'est nier le soleil, c'est redouter la conviction. Proscrire quiconque en est atteint, c'est prononcer anathême contre les neuf dixièmes et demi du genre humain; et le juge qui condamne, prononce à coup sûr autant contre lui que contre les autres. Cependant, si ces deux grandes passions remuent en tout sens le cœur de l'homme, elles n'agissent pas avec la même force, la même chaleur dans tous les individus;

leur action est proportionnée aux moyens, aux qualités, au génie d'un chacun. Un goujat, à la vue de son petit pécule, ne desire que d'y ajouter encore quelques écus. Le banquier insatiable, à l'aspect d'un monceau d'or, forme les plus vastes desseins, la terre et les mers deviennent le domaine de sa dévorante ambition. Que lui importe sous quel prince il se satisfera ? Il les croira tous légitimes, pourvu qu'à ses amas d'or, ils puissent réunir encore d'autres monceaux de ce métal. Voilà l'homme, voilà la soif de l'or présentée dans ses deux extrêmes.

L'ambition, que l'on confond souvent avec le desir des richesses, en diffère cependant sous bien des rapports. L'ambition proprement dite ne peut être que le partage des guerriers, des princes et des grands seigneurs. L'or n'est pas toujours le stimulant de cette passion qui grossit toujours à mesure qu'elle acquiert. L'ambition de Richelieu était d'être le premier homme de l'état après le roi, au-dessus duquel il se croyait peut-être supérieur. Si, comme à Buonaparte, la fortune eût souri à Richelieu, il n'est pas douteux qu'il en eût agi comme lui. En tous lieux, en tout tems, l'ambitieux est le même; il ne peut se refuser à l'impulsion de son caractère. Le défaut de circonstances a seul mis le célèbre cardinal à l'abri d'une idée qu'il aurait caressée avec plaisir. A tout ambitieux, il faut des victimes; et voilà pourquoi nous devons le condamner.

L'ambition portée à l'excès exclut la sagesse. L'ambitieux débute sagement et même avec gloire : ce qu'il a heureusement exécuté le porte à tenter davantage; il réussit encore, alors plus de bornes à ses desirs. Les peuples qui toujours portent aux nues celui qui les écrase, lui font une renommée qui l'empêche de raisonner. Il ne veut plus de conseils; il veut impérieusement, il se trouble, il frappe à faux et tombe.

Napoléon Buonaparte garantira la ressemblance de ce portrait.

Né dans les rochers stériles de la Corse,
sans fortune et sans nom, il fut, à la
fleur de son âge, le plus puissant monarque du monde. Fut-il satisfait? non ;
il n'était plus maître de l'être : c'était
une balle que le salpêtre avait chassée du
mousquet. Une chute épouvantable ou
la mort pouvaient seules arrêter Buonaparte dans sa course.

L'ambition des grands génies entraîne
de grands crimes; et cependant, on ne
fait le procès aux dévastateurs des peuples
que lorsqu'ils ne sont plus, ou qu'ils sont
renversés.

Si le Dictionnaire des Girouettes n'eût
attaqué que cette classe, certes il n'eût
pas été sans mérite. Mais avoir mis, sans
aucune distinction, sous le fouet de la
vengeance et du ridicule, l'homme insatiable, l'ambitieux qui dévaste tout, et
l'homme d'état qui, ne pouvant toujours

réprimer le despote, l'enchaîne souvent par de sages avis ; le magistrat intègre qui, pour ne point cesser de siéger et de protéger l'innocence, fut contrait de ne point heurter un maître que peut-être il détestait ; l'honnête employé qui, pour élever sa jeune famille, ne doit manifester d'autre opinion que celle du gouvernement qui le solde; l'estimable artiste qui n'a que ses talens pour exister, et l'ouvrier laborieux qui se doit à qui veut l'employer : certes, avoir voulu victimer ainsi toutes les classes de la société, est un crime que les circonstances aggravent, et que rien ne saurait excuser. Je ne doute pas que l'homme superficiel ne trouve qu'un badinage là où je trouve un délit. Pour le convaincre combien il raisonne légèrement, il me suffirait de lui dire ce dont j'ai été témoin la semaine dernière chez un de mes amis.

J'arrive chez lui : cinq personnes étaient groupées autour du Dictionnaire des Girouettes. « Voyons, dit une dame ; ce qu'il raconte du maréchal Jourdan. Eh bien ! dit-elle après avoir entendu l'article, je n'aurais jamais cru que le maréchal eût été révolutionnaire et jacobin. Je le connais beaucoup, c'est un très-galant homme, et Buonaparte n'est pas son faible. » Un mousquetaire se permit alors de tenir sur le compte du maréchal les propos les plus indécens. Le beau-frère du maître de la maison en fut indigné. Il avait autrefois servi sous Jourdan. « Monsieur, dit-il au jeune étourdi, je n'aurais jamais cru que le vainqueur de Fleurus aurait un jour été l'objet des sarcasmes d'un homme tel que vous. — Tel que moi, réplique le mousquetaire ; que suis-je ? dites-le. — Un blanc-bec, ajoute l'agresseur, qui ne pouvait plus se contenir. » Il s'en allait suivre un duel si toute les personnes qui étaient à-peu-près parens des deux champions, n'eussent appaisé la querelle. Il est vrai que le maître du logis mit le livre en pièces, en disant : « Quoi ! d'honnêtes gens se couperaient la gorge, pour un ramassis de compilations délatrices et mensongères ! Non, sur mon honneur, ou ce ne sera pas chez moi. »

Cette légère dispute peut donner une idée de ce que peut journellement produire cette compilation, si toutefois le mépris dans lequel elle doit tomber, n'en arrêtait la lecture. Les auteurs, au surplus, ne connaissent pas le maréchal Jourdan. Il dut tout à son mérite et rien à l'intrigue. Il partagea les premières chances de notre révolution, comme tous les hommes marquans qu'elle devait mettre au jour de la célébrité. Général en chef de l'armée de Sambre-et-Meuse, il donna le premier, dans les champs de Fleurus, le signal des victoires décisives. Il a, dans ce cas, devancé Buonaparte : celui-ci fit de grandes choses avec des torrens de sang, et Jourdan compromit souvent sa gloire pour vouloir trop ménager de monde ; l'un ne comptait pas ce que lui coûtaient ses lauriers ; et l'autre, pour ne vouloir rien perdre, a quelquefois vu les siens se faner. L'humanité de Jourdan devint insuffisance militaire aux yeux de Napoléon, dont il ne fut jamais l'homme, et qui le tint constamment éloigné des grandes armées. Bessières en demandait un jour la raison à l'empereur, qui lui répondit : « Que faire d'un général qui n'a pas voulu perdre trois mille hommes pour enlever cinq redoutes ? » Ce fait eut lieu à la bataille de Vésel, premier passage du Rhin, sous les ordres du général en chef Jourdan.

Ses ordres du jour, à l'abdication première de Buonaparte, sa proclamation lors de son retour, et sa lettre au roi, au 10 mars 1815, ne laissent aucun doute sur ses bonnes intentions. Mais, dira-t-on, l'empereur le nomma pair de France le 4 juin 1815. Voilà donc son crime : il suffit de raisonner un moment pour l'absoudre.

En se replaçant de nouveau sur le trône
de France, Buonaparte crut que son intérêt exigeait de faire momentanément le
sacrifice de ses ressentimens. Au milieu
des hommes dévoués à son parti, il s'empressa de mêler une foule de gens de mérite.
Il n'ignorait pas qu'une portion d'entr'eux
l'avait abandonné ; mais il avait besoin
d'eux : il espérait que leur sagesse, leurs
lumières, le rang qu'ils tenaient dans la
société le tireraient du mauvais pas où
il s'était engagé. C'est ainsi que le maréchal Jourdan fut appelé à la pairie. Il
accepta, il fit bien : un refus l'eût com-
promis et n'eût point servi la chose publique. En s'opposant aux mesures vio-
lentes des têtes exaltées, les honnêtes gens
des deux chambres sauvèrent la France
et la capitale. Que cette vérité puisse
passer dans le cœur du monarque et de
ses conseils : elle est vraie comme il est
vrai que Dieu existe. Le roi avait dans
les chambres de véritables amis de sa per-

sonne et de la patrie. Comme souverain,
il peut n'en être pas persuadé; comme
un de ses fidèles sujets, je crois devoir
l'en assurer. Oui, sans la sagesse et la
modération de plusieurs membres de la
chambre des pairs et de celle des députés,
la capitale, cette ville naguères la reine
du monde, Paris enfin, serait peut-être,
à l'heure où j'écris, un monceau de cendres et de ruines. Les têtes étaient en
combustion; la population voulait défendre la capitale : la présence de l'armée
empêchait de réfléchir aux dangers d'un
siége. Que de maux s'en fussent suivis!
Mais non, des hommes estimables, de véritables amis du trône et de la monarchie,
veillaient sur la capitale, et le roi de
France ne fut point obligé de chercher
le palais de ses ancêtres sous des débris
fumans. Voilà pourtant les hommes que
l'on prétend livrer à la censure de leurs
concitoyens! Dans le système de ces auteurs, le fils qui, préférant sa terre natale,

n'aurait point suivi son père, contraint de la quitter, serait coupable d'avoir, pendant son absence, sauvé le toit paternel des ravages d'une incendie.

Comme ce sont à-peu-près les mêmes délits, que les auteurs du Dictionnaire reprochent aux personnes qui le composent, la défense du maréchal Jourdan est applicable à une foule d'autres. Pour analyser individuellement chaque personnage, il aurait fallu faire un gros livre, peut-être aussi mauvais, quoique moins dangereux, que le Dictionnaire; mais j'avoue, comme La Fontaine, que les longs ouvrages me font peur.

Cependant, il est certaines personnes sur le compte desquelles je m'étendrai d'autant plus, qu'elles diffèrent de la masse par leur état, leurs mœurs et les circonstances où elles se sont trouvées.

De quelque manière que les auteurs du Dictionnaire s'y prennent, ils ne se justifieront jamais. D'abord, c'est un libraire

3

qui, pour l'appât de quelques écus, insulte une foule d'honnêtes gens. Si ce n'est cela, ce sont de froids compositeurs qui, sans respect pour les malheurs de leur pays, cherchent à multiplier les divisions qui le rongent. Bien mieux : ils font une sottise ; et, peu d'accord avec eux-mêmes, ils cherchent à la mitiger quelques lignes après.

J. B. Salgues, dans ses Mémoires pour servir à l'Histoire de France sous Napoléon, a vomi plus ou moins d'injures contre ceux qui, dans le cours de la révolution, n'ont pas constamment, à leurs risques et périls, suivi le même parti. Les Girouettes, se croyant trop faibles pour insulter, citent de cet auteur un extrait passablement sanglant. Premièrement, le crime est dans la citation : un homme de bien ne répète pas des méchancetés. Les Girouettes, qui sûrement sont autre chose que des girouettes, font plus que citer, elles approuvent, en disant que Salgues a raisonné très-sensément. Cependant, il me paraît que leur conscience leur a fait quelque petit reproche , car elles ajoutent plus bas : « Nous sommes loin d'être aussi « rigoureux que notre confrère. »

Les compilateurs ne se sont pas bornés à mettre en jeu les individus, ils ont encore attaqué des corps entiers. Qui croirait que l'on a reproché à l'Académie des Jeux Floraux de Toulouse d'avoir, en 1807, délibéré de donner un prix à celui qui, dans une ode ou dans un poëme, aurait plus dignement célébré les avantages de la paix de Tilsitt ?

Soyons de bonne foi : quel Français, n'eût point alors été glorieux de porter ce nom ? Reine des nations européennes, riche de ses victoires , notre superbe patrie planait sur tout le globe. Ce n'était point du guerrier dont on était épris , c'était de la gloire du sol où nous avions reçu le jour. Au milieu de nos trophées , dans le nuage de nos triomphes, pouvions-nous prévoir qu'un jour . . . . . . Là je m'arrête . . . . **Des** cymbales russes , un cornet de cosaques , un tambour prussien passent sous mes fenêtres. Ce ne sont point les hautbois de la victoire . . . , , c'est le beffroy de ladésolation . . . . . Je pleure. O mon pays ! ô mon roi ! ces larmes ne sont pas pour le guerrier Corse ; mon cœur est gros des malheurs de ma patrie !

Si les Girouettes eussent aimé leur pays , ou plutôt si elles eussent raisonné conséquemment , la proposition de l'Académie de Toulouse ne leur eût paru que naturelle et légitime. La main du tems et celle des évènemens avaient rayé le nom du prince inscrit en tête de la liste de ses membres.

S'il en fallait croire le Dictionnaire, ceux-là seraient coupables aussi , qui , avides de gloire , se sont lancés dans la carrière des évènemens. Des Français livrant aux sarcasmes de leurs concitoyens d'autres Français que tourmentaient le besoin de la gloire, est un fait unique dans les annales de notre patrie. Il n'appartenait qu'à des êtres nuls, à des compilateurs sans génie de s'en rendre coupables.

La valeur, l'intrépidité, l'élan national sont aujourd'hui des ridicules et des titres d'expulsion ! Dans un moment où nous aurions besoin de toute l'énergie de notre révolution pour sauver le monarque et la France; dans un moment où nous devrions tout oublier et nous réunir, pour donner aux baïonnettes étrangères un mouvement rétrograde et pacifique, d'obscurs écrivains, des feuilles coupables, s'agitent en tous sens pour imprimer aux masses l'indolence de la stupeur, et le mépris des nobles résistances.

Il est certains noms dans le Dictionnaire des Girouettes que la méchanceté seule pouvait y comprendre; des noms dont la France est glorieuse et que le monarque a toujours considérés. Oudinot, ce guerrier si franc, si brave, que le roi appelait son cousin le 20 mai 1814, qui ne partagea point l'erreur du 20 mars 1815; le maréchal Oudinot devait-il être insulté par des rapsodies ? De pareils insectes devaient-ils chercher à mordre Gouvion-Saint-Cyr, le comte Maison, gouverneur de Paris; le duc de Feltre, le maréchal Pérignon, le baron Ménadier, et une foule d'autres personnages qui voudront bien partager la défense de ceux que je viens de citer ?

Ou les auteurs du Dictionnaire des Girouettes sont les plus inconséquens des hommes, ou ces messieurs n'ont pas d'excellentes intentions. A les en croire, les maréchaux Oudinot, Pérignon et autres personnages, ont manqué de caractère, et se sont couverts de ridicules, en passant, au mois d'avril 1814, sous les bannières de l'héritier légitime du trône. Qu'aurait-il fallu que ces messieurs fissent pour échapper aux Girouettes? Dans le sens de ces dernières , le maréchal Oudinot et les hommes distingués qui se sont trouvés dans la même position, auraient dû , pour le faux plaisir de faire dire d'eux : ils sont dans l'erreur , mais au moins ils n'ont pas changé ; ils auraient dû , foulant aux pieds les intérêts de cette chère patrie qui les a vus naître , qui les honore et réclame leurs talens , l'abandonner tout-à-coup , pour suivre, dans les rochers ferrugineux de l'île d'Elbe, le guerrier Corse que la vengeance des rois y avait exilé. Les auteurs du Dictionnaire ne voient que cette alternative; en avoir agi autrement, c'est avoir été versatile, méprisable et sans caractère; c'est avoir mérité d'être désigné à la haine des partis.

Si ces pauvres auteurs ont cru plaire aux vieux serviteurs du roi, je crois sincèrement qu'il en est arrivé le contraire. Ils se sont dit tout de suite : si les généraux, si les ministres , si les Français de toutes les classes n'eussent point voulu dévier de la

route qu'ils tenaient depuis vingt = cinq
ans, nous ne serions point au sein de notre
mère patrie , un guerrier turbulent nous
en disputeraient encore les lambeaux , et
le monarque aurait presqu'autant d'ennemis qu'il a de sujets. Ce raisonnement , je
le demande aux compilateurs eux-mêmes,
sent-il l'esprit de parti ? Un enfant ne le
ferait-il pas comme moi ? Quelque chose
de plus délicat encore , et que les auteurs,
j'aime à le croire, n'auront point aperçu ,
c'est que, d'après l'opinion du Dictionnaire, ceux-là qui, dans la tourmente de
1792 , tonnaient contre les rois, et ju-
raient leur perte, auraient dû ne point
abjurer leurs erreurs , et les propager
même aujourd'hui ; leur coupable tenacité
leur aurait sauvé l'épithète de Girouettes,
pour leur en conserver une autre, que ,
grâce au ciel, nous n'entendrons plus prononcer.

Voilà pourtant les conséquences d'un
ouvrage faible , il est vrai, mais dont la
logique n'est pas tout-à-fait innocente.

Ce livre ne s'est pas borné à une seule classe ; il a voulu compromettre toutes celles de la société. Les êtres vivans ne lui ont pas suffi ; il a violé l'asile des morts : il a voulu remuer des cendres glorieuses et respectables. Nansouty et Legrand, auriez-vous cru que de froids compilateurs auraient un jour osé soulever vos tombes , à dessein de verser le vernis du ridicule sur vos restes mutilés dans les champs de la gloire ? Mais, généreux guerriers, morts pour mon pays , reposez en paix : la pierre de vos tombeaux était trop lourde pour vos détracteurs ; rien n'a été profané.

Les Girouettes , quoique portées à médire , n'auraient point osé, je crois, inscrire le vainqueur de la Bérésina, le général Legrand , sur leur froid Dictionaire , si on leur avait, comme à moi, communiqué la lettre suivante qu'il écrivit le 19 juillet 1814 à l'un de ses meilleurs amis.

« Si je ne souffrais continuellement, mon cher baron, je n'aurais que de charmantes lettres à vous écrire : la paix va donc cicatriser les plaies de notre chère patrie ! Cette idée, M. le baron, me rafraîchit et suspend mes douleurs : il me semble que si je pouvais vivre sous un roi pacifique, ce serait une nouvelle existence pour moi. Depuis vingt-cinq ans, je campe et combats, et cependant je sens qu'un état paisible conviendrait autant à mes goûts qu'à ma santé. C'est une bien douce idée pour moi, cher baron, de ne plus voir des générations s'éteindre dans des boucheries continuelles pour la cause d'un seul homme. Il est donc tombé ce guerrier ! Comme il nous a trompés ! Baron, quelle main de fer il nous avait mise sur la bouche ! j'en suis moi-même étonné. Enfin, il devait en être ainsi : je n'ai point trahi Buonaparte ; mais je suis froid à sa chute, et, j'en aurais la force, je ne lui donnerais plus mon sang. Je vous ai souvent dit, cher baron, que mon illustre ami, feu mon brave chef, l'immortel Championnet, était un homme d'une physionomie pacifique, d'une simplicité noble; que chez lui le guerrier ne se trouvait qu'un jour de bataille : eh bien ! le premier jour que j'ai vu le roi de France, j'ai cru retrouver, quant au physique, feu mon compagnon d'armes et mon chef. Louis XVIII est doux, affable; il est dans ses traits certaine hilarité, certain je ne sais quoi, qui coule doucement dans l'âme, et qui vous attache sans le vouloir. Si l'on ne perd pas ce monarque, ce sera un bon prince. Ce qui, sur-tout, faisait ombre à mes remarques, et leur donnait saillie, c'était l'approche froide et raisonnée de l'empereur. Enfin, mon ami, si je pouvais vivre, j'aurais l'espoir d'être très-heureux, et de voir la France conso-lée, etc. »

Rien, comme on sait, ne plaide mieux en faveur ou contre les individus, qu'une

lettre confidentielle. Dans une correspon-
dance amicale, le cœur s'ouvre, se dilate.
Tout est naïf alors, et l'expression et les
tours ; c'est soi que l'on met par écrit. La
lettre du général Legrand le peint tout
entier ; et je demande si ce héros ne devait
pas être à l'abri de la piqûre d'un in-
secte ?

Le roi de France, si toutefois Sa
Majesté pouvait s'abaisser à lire quelques
feuillets du Dictionnaire des Girouettes,
pourrait-il n'en point faire réprimander
les auteurs ? Premièrement, je dirai non ;
le vice de la compilation et sa mauvaise
contexture en sauvent les dangers, et le
roi de France est autant au-dessus d'un
mauvais livre, que les auteurs du Dictionnaire sont au-dessous d'un bon ouvrage.
En second lieu, je dirai oui ; le roi de
France peut bien ne pas approuver un
livre qui, en insultant ou ridiculisant les
généraux de son choix, les hommes
d'état qu'il honore de sa confiance, fait un

procès direct à son jugement, à sa prudence, à sa science du trône ; un livre qui
lui dit : Votre majesté n'y voit rien, et se
trompe en confiant le ministère des affaires
étangères au prince de Bénévent, Talleyrand-Périgord. J'aurais cru cependant
que les emplois qu'occupe ce savant négociateur, l'estime de son prince, celle
dont l'honorent les monarques étrangers
et leurs ministres ; j'aurai cru, dis-je, que
de pareils suffrages pouvaient être de poids
contre quelques rapsodistes ; mais non : ce
sont des mouches qui salissent tout, mais
qu'un enfant peut écraser.

Si ce n'est point assez des titres honorables qu'a le prince de Bénévent à l'estime
générale, j'ajouterai une légère esquisse
de sa carrière diplomatique.

Avant d'être quelque chose dans la
société on est homme, et sous ce rapport,
susceptible d'être influencé, et par ses
passions, et par l'opinion que l'on se fait
des choses, et par les circonstances dans

lesquelles on se trouve. Talleyrand-Périgord, homme de génie, profond, lumineux, initié depuis plusieurs années aux
intérêts des divers cabinets de l'Europe;
Talleyrand, avec tous ces avantages, ne
pouvait manquer de figurer d'une manière
distinguée sur le théâtre d'une révolution
unique dans les annales du monde. Il fut
nommé député du clergé du baillage
d'Autun aux états généraux.

Au milieu de ces premières secousses
révolutionnaires, il était bien difficile,
même aux hommes les mieux constitués,
de garder un parfait équilibre. S'étant
réuni à la chambre des communes, Talleyrand, après de mûres réflexions crut
reconnaître la nécessité d'un nouvel ordre
de choses. Il se fit une opinion et des
principes; il les proclama. A la fin de la
session, il suivit M. de Chauvelin en Angleterre, d'où il passa en Amérique : de
retour en France, Chénier, qui l'avait fait
rayer de dessus la liste des émigrés, fit

valoir les services qu'il avait rendus et
ceux que son génie pouvait encore rendre.
Nommé au ministère des relations extérieures, il voulut opposer son génie et sa
prudence aux tracasseries républicaines.
Cette conduite franche et loyale déplut
aux brouillons d'alors ; des plaintes, des
dénonciations s'ensuivirent; il y répondit
victorieusement. Rappelé au ministère
des affaires extérieures, sous Buonaparte,
il développa toutes les ressources d'un
grand diplomate dans les traités de Tilsit
et de Presbourg. Jusqu'à cette époque,
quel homme oserait reprocher quelque
chose au prince de Bénévent? Il a suivi
les évènemens, il n'en a point été l'esclave.
Son génie et ses moyens politiques étaient
devenus le patrimoine de sa patrie. Presque tout l'univers avait abandonné le roi
de France; il dut servir son pays sous le
maître que des Français avaient reçu.
C'est alors qu'après avoir honorablement
traversé toutes les phases de la révolution,

il étonna l'Europe par sa noble audace et sa courageuse résistance aux volontés du monarque le plus absolu de son siècle : il ne craignit point de lui prouver que la guerre des Espagnes était injuste, impolitique, contre toutes les lois divines et humaines (1). Ce n'était certes pas un homme ordinaire, timide et faible, que celui qui s'exprimait ainsi devant Buonaparte, surtout quand le monarque avait clairement fait entendre ses volontés. Plut à Dieu que la voix de ce ministre intègre eût été fortement appuyée ! l'Espagne eût versé moins de larmes, et la France moins pleuré de victimes !

Talleyrand fut disgracié, et totalement perdu dans l'esprit de Napoléon ; celui-ci connaissait bien la perte qu'il faisait : aussi le prince de Bénévent n'avait qu'un mot à dire pour reprendre le porte-feuille : ce mot ne fut pas dit. A tous ces faits, ajoutez

_____

(1) Voyez le précis historique sur Napoléon Bonaparte.

la conduite qu'il a tenue depuis le retour des Bourbons jusqu'à cette époque ; et je vous défie de trouver un meilleur Français, un plus fidèle ami de son prince.

.J'aime à croire que dans cette notice sur le prince-ministre, rien n'y sent le crayon de la partialité; que tout y est narré scrupuleusement et d'après les faits : ma plume n'est point achetée par les individus; elle est toute entière aux intérêts de ma patrie. Dans le cours de cet opuscule, ce sera toujours la même impartialité; si quelquefois je me trompe, chose commune à tous les hommes, ce ne sera pas au moins, pour aggraver les torts du livre que je censure : ma cause est trop bonne et mes avantages trop nombreux.

En désignant sans choix comme sans raison, une foule de personnages de tous états et de tous rangs, le Dictionnaire a trouvé le secret de ne plaire à personne. Ce n'est pas que ce livre ne puisse se vendre un moment : nos divisions intes-

tines, nos rancunes personnelles en sont
un sûr garant. Tel qui compte un ennemi
soit pour l'opinion, soit pour autre cause,
cherchera dans le Dictionnaire le côté faible
de son adversaire, ou pour le calomnier,
ou pour en médire. Il est même dans
ce livre des hommes que les lecteurs de
tous les partis sont tout étonnés d'y rencontrer. On est contraint de se dire alors :
pour n'avoir pas mérité l'honneur d'y être
inscrit, il aurait fallu que les armées
n'eussent point eu de généraux, l'état
aucun gouvernement, les divers ministères
pas de ministres; il aurait fallu que les
administrations, les académies, les écoles,
fussent désertes, que le poète eût brisé
sa lyre, le peintre ses palettes, le graveur
son burin, l'imprimeur ses presses et le
boulanger fermé son four.

Cette nomenclature seule établit l'injustice des plagiaires, et leur sortie contre
toutes les classes, prouve que l'homme
de mérite comme l'être nul, convenaient

également à leur envie de brocher une dangereuse diatribe.

Parmi les personnes attaquées, on est plus qu'étonné de trouver le nom du comte Beurnonville; mais tout étonnement cesse quand on saura qu'avoir honorablement servi son pays sous les divers gouvernemens auxquels le soumit notre révolution, est un titre aux insultes des Girouettes.

Beurnonville, d'une excellente famille, se consacra de bonne heure au service de sa patrie. Doué de beaucoup de moyens, il sut plier son génie aux emplois militaires et diplomatiques. Buonaparte, à son avènement au trône, se fit un système de s'entourer d'un certain nombre d'hommes de mérite. Il en résultait pour lui d'immenses avantages. Quoiqu'il n'entrât pas dans sa tête de suivre les conseils des hommes de bien qu'il appelait auprès de lui, il se formait un faisceau de lumières dont il s'enrichissait insensiblement, et qu'ensuite il employait au succès de ses

folles entreprises. Lorsque le despote fer-
mait la bouche à de sages conseillers, il
n'en classait pas moins dans son cœur tout
ce que leurs avis avaient de solide et de
lumineux : heureux mortel, s'il eût fait
un bon usage de ses plagiats secrets! Mais,
comme les plantes les plus salutaires deviennent des poisons dans les mains d'un
habile chimiste, de même Napoléon en
délire, faisait servir les lumières des hommes
de bien au succès de ses desseins furi-
bonds.

Outre ces avantages, les hommes marquans, les hommes habiles qu'il semait
autour de son trône, lui donnaient une
splendeur, une considération que des êtres
nuls et peu famés ne lui auraient jamais
acquises.

En admettant dans le sénat, dans le
corps législatif, dans les premières administrations, une partie des hommes les
plus distingués de l'état, Buonaparte avait
encore un but secret qui se trouve admi-

rablement bien développé dans ce passage
d'une lettre à son frère Joseph :

« En faisant pleuvoir les emplois, les
« honneurs et les biens sur de pareils
« hommes, j'en séduirai toujours une par-
« tie ; quant à l'autre, ce sera toujours
« autant d'excellens conseillers et de fortes
« têtes que je tiendrai loin des divers
« partis qui voudraient conspirer contre
« moi. Pour n'avoir rien à craindre de
« leurs lumières, qui, je crois bien, ne
« seront pas toujours dans le sens de mes
« volontés, j'aurai toujours le soin de
« leur opposer, et le nombre et la fougue
« de ceux qui sont à moi. »

Si ce n'est pas là l'essence de la politique, j'ignore où il en est. D'après un
tel système, il est facile de croire que
Beurnonville ne pouvait être oublié. Napoléon l'appela dans le sénat en l'an 13
seulement. Buonaparte connaissait fort
bien que les principes de Beurnonville
n'étaient point en sa faveur ; il ne l'aimait

pas : il le tint continuellement éloigné des armées ; et si dans l'an 12 il le nomma grand officier de la légion d'honneur, l'intérêt de sa politique dicta seule au monarque cette promotion, que n'eût point espérée le promu à moitié disgracié. Le comte Beurnonville servit son pays dans tous les tems, dans tous les lieux ; il était aux aguets sur ses malheurs, il en soupirait le terme, il fut un des premiers à le signaler. Le 1er. avril 1814, il fut un des cinq membres du gouvernement provisoire. En juin 1814, le roi le fit pair de France ; en juillet suivant, grand-cordon de la légion d'honneur ; enfin ministre d'état composant son conseil. Il avait trouvé le point d'appui, il ne s'en est point écarté. Que de droits à l'estime des Français ! et certes, il faut absolument que les auteurs-Girouettes n'en soient pas, pour les avoir méconnus.

Dans toutes les parties qui constituent un état, soit civiles, militaires ou ad-

ministratives, il faut des hommes qui
aient du génie, du courage et des connaissances. Néanmoins, chaque partie à
ses hommes distincts. Tel est un bon
général, qui serait un mauvais ministre,
et tel serait un grand ministre, qui ne
dirigerait point une coupe de bois. Ces
vérités une fois établies, il est très-naturel
que le roi de France ait conservé à M. le
comte Bergon la direction générale de
l'administration des eaux et forêts. S'il
est de fait que tout homme doit coopérer,
en proportion de ses moyens et de ses
connaissances, au bonheur, aux services
qui sont dus à la patrie, je demande paisiblement aux Girouettes compilatrices,
si M. Bergon devait ne point continuer
ses fonctions administratives, après la
chute de l'empereur. Il n'avait pas servi
celui-ci, mais bien l'état. L'état retrouve
son prince légitime, M. Bergon continue à servir sa patrie : voilà le fait et le
délit.

La science des eaux et forêts est, pour ainsi dire, abstraite. Il faut l'avoir beaucoup étudiée et sur-tout longtems ; bien des génies ne sauraient s'y plier, et peu de personnes en France y sont versées, sur-tout en grand, comme M. le comte Bergon. Quelle inconséquence serait-ce donc, si le prince eût repoussé cet habile serviteur, et si ce dernier n'eût point voulu servir le prince ? Que serions-nous devenus alors, si généraux, ministres et administrateurs depuis vingt-cinq ans, eussent abandonné tout-à-coup, les uns leurs grades, les autres leurs emplois, ou si le roi les avait généralement repoussés ? Quel noyau contre l'autorité souveraine ! quelle subversion dans le gouvernement ! La France est aujourd'hui bien malheureuse ; mais si tous les grades et les emplois eussent été abandonnés, ou volontairement, ou de force, la France aurait cessé d'être.

Dans la disette d'hommes habiles et brisés dans leurs emplois, disette dans laquelle le roi se serait nécessairement trouvé, nous eussions vu un capitaine aux gardes dans les emplois de **M.** le comte Bergon ; un contrôleur des octrois eût reçu le porte-feuille de la guerre ; un capitaine de corsaire eût présidé l'université, et Jacquelin (des Quinze-Vingts) eût dirigé le conservatoire.

Au milieu de mes remarques sur le Dictionnaire des Girouettes, je n'oublierai pas de rapporter ici que je l'ai vu presque justifié par une dame de beaucoup d'esprit, et sur-tout avec un laconisme dont toute l'assemblée fut frappée. Une personne qui, sans doute, avait lu cette compilation des Girouettes, se prit à dire : « Je ne sais ma foi pas ce qu'il aurait fallu être pour n'y pas être compris. » Un autre lui répond : « Je le sais bien, moi ; depuis 1790 jusqu'à ce jour, il aurait fallu n'être rien. — Le Dictionnaire a raison, reprend vivement madame Lepuître ; si tout le monde n'eût voulu rien être depuis 1790, la révolution n'eût pas été. »

Je ne serai pas assez cruel envers les rédacteurs du Dictionnaire, pour leur enlever si vîte le plaisir que doit leur faire la saillie de cette dame ; je les crois même de force à prendre cette réplique pour une justification complette. Rien ne serait plus de la nature d'une Girouette ; car qui ne voit sans réplique que si ce qui a été n'avait pas été, rien n'aurait été, veut dire que notre révolution n'eût pas été si personne ne l'avait faite ? C'est dommage que l'on peut répondre à cela, sans doute aussi sans réplique : ce qui fut devait être, et que celui qui, dans le tourbillon des grands évènemens, a su conserver un demi-sang-froid et ne faire que des erreurs, est un homme non-seulement fort heureux, mais encore un sujet bien estimable.

Si cette manière de voir n'était pas celle de bien des gens, tant pis ; ils ne doivent pas être heureux. Ils doivent être journellement suffoqués de nos désordres et de nos inconséquences. Quant à l'homme qui n'aime pas toujours froncer le sourcil sur son semblable, il fait comme moi, il en croit l'expérience, qui, chaque jour, lui prouve que la perfection humaine n'est plus que le rêve d'un homme de bien qui ne fera jamais celui des autres. Si les Girouettes-auteurs avaient soupçonné la dixième partie de cette vérité, leur livre serait encore dans les journaux qu'ils ont pillés et les opuscules qu'ils ont dépiécés.

Ce que j'ai dit en faveur de M. le comte Bergon, s'applique très-naturellement à M. le chevalier Gillet-Laumont. Pour avoir inspecté les mines sous l'ancien gouvernement, personne, sans doute, ne croira que l'on soit coupable en continuant de les inspecter sous celui du roi, sur-tout quand on est aussi profond que le sujet que l'on exploite. Néanmoins, au dire des auteurs du Dictionnaire ; c'est manquer de caractère, c'est être Girouette.

Ces auteurs sont d'autant plus injustes, que, dans leur rapsodie, ils désignent le côté foible de ceux qu'ils victiment, et jamais rien de ce qui peut les honorer aux yeux de leurs concitoyens. Je ne citerai dans la foule que le général Augier, page 23 du Dictionnaire.

« Augier naquit à Bourges, d'une famille distinguée dans la robe. Son père, ancien avocat, donna, quoique peu fortuné, une assez bonne éducation à son fils. La jeunesse du jeune Augier fit présager que le barreau lui conviendrait moins que l'épée. Sa passion favorite était la chasse, fidèle image des combats. Chef de bataillon et ensuite général de brigade, il fut grièvement blessé. Il revint à Bourges; c'était à l'époque où le sang français ruisselait sous la hache des bourreaux révolutionnaires. Déjà le couteau du crime

avait fait tomber la tête de l'infortuné
marquis de Bigny.

« Ce malheureux père laissait une jeune
orpheline. Les complices et les adhérens
de ceux qui avaient conduit le père
à l'échafaud , convoitaient sa malheureuse héritière ; d'indignes offres furent
faites et repoussées. Le crime éconduit
trama sourdement la perte de la jeune de
Bigny , tout ce qui l'entourait devait partager son infortune. Malheur au mortel
qui aurait alors osé lui donner sa main !
sa perte était jurée ! Des amis de la demoiselle de Bigny proposèrent alors au
général Augier de mettre cette intéressante victime à l'abri d'un péril inévitable ; car alors on aurait trouvé des crimes
à l'enfant au berceau.

« A cette époque, la jeune de Bigny
n'apportait à son époux que peu ou point
de fortune avec des dangers sans nombre.
Un général français épouser la fille d'un
noble , était un crime dont le châtiment

paraissait inévitable. Les périls étaient immenses et présens. « Je les braverai, dit « le général à ses amis, à sa famille effrayée; les sicaires ne viendront point « chercher dans mes bras la fille d'un « galant homme qu'ils ont égorgé; » et s'adressant à la jeune de Bigny : « si, « sans faire le sacrifice de votre liberté, « vous connaissez d'autres moyens de « vous soustraire au péril, ne vous contraignez point, madame; disposez de « moi, je suis tout à vous. »

« Le général Augier épousa mademoiselle de Bigny. La chute des démagogues et la protection du ciel le sauvèrent seules des dangers que cet hymen pouvait amonceler sur sa tête. La pureté des principes de son épouse, née de parens nobles, ne fit qu'ajouter aux sentimens d'honneur du général. Il continua de servir son pays, soit dans le corps législatif, soit sous le roi. Ce monarque l'en récompensa en l'ennoblissant le 6 septembre 1814. »

On peut, d'après cette notice, juger de l'impartialité du Dictionnaire.

Insectes légers, et toujours prêts à souiller le calice des premières fleurs qui se trouvent sur leur passage, les compila-teurs ont à peine quitté le guerrier, qu'ils se jettent sur le compte d'un de nos meil-leurs écrivains politiques. On ne se doute-rait pas que c'est de M. Benjamin Cons-tant de Rebecque. Quel homme a cepen-dant démasqué Buonaparte avec plus d'art et de génie ? « C'est Attila, c'est Gengis-Kan, a-t-il dit, plus terrible, plus odieux, parce que les ressources de la civilisation sont à son usage. »

Que pouvait-on dire de plus ? Ses dan-gers furent immenses au 20 mars 1815. Fuyez, lui disait-on, ou vous êtes perdu. vous avez peint le tyran impitoyable, il ne voudra point faire suspecter vos crayons : fuyez.

Buonaparte de retour, connut bien quel était son adversaire ; n'osant le punir alors, il l'appela dans ses conseils. M. Benjamin ne refusa pas. « J'ai accepté, dit-il à ses amis ; je le devais : dans l'exil, j'aurais fait des vœux impuissans pour ma patrie ; près de l'homme qui se prépare encore à la déchirer, je serai plus à portée de la défendre. Que m'importe l'opinion du vulgaire ? Bien malheureux qui ne sait pas quelquefois la mépriser ! J'abandonne ma conduite à la méchanceté des hommes, bien certain de ne jamais démentir et mes principes et mes écrits. »

S'il est pénible d'être insulté pour avoir été contraint de céder aux circonstances, souvent avec les plus nobles intentions, il est encore bien plus douloureux de l'être quand on s'est tenu à l'écart, quand on a fait de grands sacrifices pour éviter de donner la moindre prise à la causticité des censeurs de tous les partis. M. de Bonald est sans doute dans ce dernier cas. Si j'eusse rencontré le nom du grand kan

de Tartarie dans le Dictionnaire des Girouettes, certes, il m'aurait moins surpris
que celui de M. de Bonald. J'avoue que
je me suis furieusement trompé sur le
compte de cet homme, et tout ce qui le
connaît le croit bien le moins souple,
le moins variable de tous ceux qui ne
s'exilèrent pas de France pendant la révolution.

M. de Bonald, né à Rouergue, d'une
famille honorable et considérée, fut sans
fonctions pendant notre révolution. Des
principes qui n'étaient plus ceux du
siècle, une haine implacable contre les
innovations philosophiques, et sur-tout
la rigidité de sa morale, le séparèrent,
pour ainsi dire, du mouvement de sa
patrie.

Il se mit à écrire; son style sévère
jusqu'à la rudesse, l'inclémence de sa
philosophie, ses opinions religieuses, pri-
vèrent ses ouvrages non-seulement de
l'approbation de ses compatriotes, mais

5

bien encore le plus souvent de lecteurs.
Homme de bonnes mœurs, il n'eut pas le
secret de les faire aimer, semblable à ces
médecins qui présentent durement le vase
au malade qui le repousse ou le brise.

Comme écrivain, M. de Bonald peut
avoir un tort que rarement on pardonne,
celui de se faire lire avec peine; comme
homme de bien, comme auteur dans les
bons principes, et ne s'en étant jamais
écarté, il n'est pas en France un seul individu qui ne lui rendît justice sous ces différens rapports, excepté les rapsodistes
girouettes.

Si l'Université est un corps purement
littéraire et d'instruction publique, le titre
de conseiller de ladite Université peut-il
être reproché à M. de Bonald comme un
accroc fait à son invariabilité? Je ne le crois
pas, et des Girouettes seules peuvent en-
treprendre d'y faire croire.

La probité de M. de Bonald, la rigidité
de ses mœurs, avaient engagé l'ex-roi de

Hollande à vouloir lui confier l'éducation d'un de ses fils. Ce n'est certes pas à une Girouette , à un homme versatile et sans caractère, qu'un prince confie l'éducation de son héritier.

L'estime dont le roi de France honore le gentilhomme de Rouergue, l'aurait porté sans doute à l'Institut ; mais je suis persuadé que M. de Bonald ne fut pour rien dans l'expulsion des membres qu'il devait contribuer à remplacer.

La mairie est un emploi pénible , désagréable, susceptible de créer des ennemis, des haines , des reproches, et parfois des vengeances : cependant ce poste pénible et dangereux se rattache plus particulièment au bonheur de la population ; dans ses conseils se discutent tous les intérêts domestiques de la société ; le grand seigneur et le portefaix viennent indifféremment signer devant le maire, le contrat qui leur donne ou une aimable compagne, ou une femme acariâtre. A la mairie , le financier unit son sort à celui d'une riche héritière qui, quelquefois, fait le malheur de sa vie ; tandis qu'un pauvre ouvrier y prend pour épouse une simple blanchisseuse qui le rend le plus heureux des pères. Plus un maire a vieilli dans son emploi, plus il devient utile à la population qu'il administre : instruit des fortunes particulières et des moyens individuels, des ressources locales, secrètes et disponibles ; chaque jour en rapport avec les prétentions et les mœurs de ses administrés, il est presqu'impossible de lui en imposer, et par conséquent il peut beaucoup moins commettre d'erreurs que s'il était depuis peu à ce poste difficile.

Il est donc de l'intérêt général et particulier de ne point déplacer les maires, autant que faire se pourra.

Une vérité si importante ne pouvait échapper à la sagesse du roi : aussi presque tous les maires de Paris furent conservés. De même, si de fortes raisons peuvent seules contraindre le monarque à déplacer les maires, de même ceux-ci ne doivent pas, sous le prétexte des divers événemens dans lesquels ils se trouvent englobés, se soustraire aux travaux, aux désagrémens de leurs fonctions, et abandonner le sort de leurs administrés à des mains neuves et inexpérimentées. C'est précisément dans la fâcheuse position où se trouve aujourd'hui la capitale, qu'un maire, au cours des localités de son arrondissement, lui devient plus précieux, et qu'un abandon volontaire de sa part serait vraiment un délit.

C'est donc par suite de leur dangereux système, ou plutôt par suite de leur ineptie et de leur défaut de réflexion, que messieurs les collaborateurs du Dictionnaire ont osé tourner en ridicule la probité et le caractère de messieurs Lelong, Bricogne, Camet de la Bonardière, Lecordier, Molinier-Montplanqua, Piaut, Bénard de Moussignière, Moreau, Péan de Saint-

Gilles , Rousseau , et les autres maires
dont je n'ai pas cherché le nom. Je prie
néanmoins ces messieurs , si jamais ces
Girouettes délatrices viennent à se faire
connaître dans leur arrondissement , de
leur pardonner l'injure qu'elles ont fait
imprimer contre eux ; car l'estime de
leurs concitoyens les a complettement
vengés.

Dans les millions de livres qu'enfan-
tèrent nos troubles révolutionnaires , il n'en
est pas un seul dans lequel , au milieu des
erreurs dont ils fourmillent , on ait rencontré quelques vues généreuses, et par-ci,
par-là une phrase ou deux bien frappées
et pacifiques. Dans les discours , dans les
écrits de nos plus fougueux démagogues ,
on trouve encore des tirades conciliatrices
et brillantes , des traits de morale qui , si
elle était mise en pratique, ferait honneur
à l'humanité ; mais dans le Dictionnaire
des Girouettes , vous ne trouverez rien ,
parfaitement rien , si ce n'est des inten-

tions qui seraient dangereuses ; si les articles étaient mieux motivés, les accusations moins vagues et le style moins repoussant.

Je serais tenté de croire que ce n'est pas sans dessein, que ces auteurs ont fait un ouvrage aussi froid : ils auront sans doute lu quelque part, ce mot de Rivarol : « Un « pauvre livre n'est pas dangereux. Ce « qu'on lit d'un côté d'une page, est oublié de l'autre. » Ils se sont dit : faisons notre livre bien froid, bien lourd ; ne motivons point nos imputations ; dépouillons-les de cette critique sage, lumineuse et raisonnée, qui constitue un bon ouvrage ; dépouillons sans choix des journaux toujours mensongers, des œuvres de circonstances, comdamnés par leurs propres auteurs à mourir en naissant ; que notre gaspillage ne soit qu'une liste insipide et monotone où la malice et la mauvaise foi pourront journellement puiser le premier prétexte d'une insulte ou la matière première d'une calomnie. En faisant ainsi une ennuyeuse compilation, se seront dit les Girouettes, nous n'encourons que le dédain et non la vengeance des individus et des corps entiers que nous provoquons.

Ce raisonnement, que bien sûrement se seront fait les auteurs du Dictionnaire, leur suppose une certaine sagacité qui les sauve un peu de l'anathème du bon goût. En effet, la mauvaise contexture de leur ouvrage assure leur impunité ; car, si le livre eût réuni toutes les qualités d'une bonne satire, les personnes immolées s'en seraient vengées, notamment les Ecoles de Droit et de Médecine.

J'ai toujours entendu dire qu'il était d'un sage de réfléchir longtemps avant de parler. Les Girouettes ont méconnu ce principe en désignant au fouet des vengeances, soit ministérielles, soit particulières, deux pépinières de jeunes gens de la plus haute espérance.

L'Ecole de Droit et celle de Médecine sont deux réunions de jeunes gens, dont les uns sont destinés à défendre un jour la veuve et l'orphelin des prétentions coupables de l'homme injuste et puissant ; et l'autre à mitiger les infirmités de l'être souffrant et malheureux, à lui rendre les forces et la santé.

Ces deux corps, sur lesquels reposent tant d'espérances, devaient fournir aux auteurs du Dictionnaire une seule réflexion, qui leur eût fait un devoir de jetter un voile sur les deux époques où la fougue de cette jeunesse, plutôt que sa mauvaise intention, voulut prendre part à des événemens au-dessus de la maturité de son jugement.

Trois ou quatre mille écoliers réunis, ne pensent nécessairement pas les uns comme les autres. Si notre révolution a volcanisé les têtes les plus sages, que ne doit-elle point avoir opéré sur une jeunesse impétueuse et bouillante, grandie au milieu des chocs révolutionnaires? Descendons au fond de notre cœur; reportons-nous à l'âge d'un écolier, et nous conviendrons qu'à cet âge tout est bourasque et saccade. Les élèves des deux Ecoles pouvaient-ils sentir également les bienfaits de la restauration? pouvaient-ils apprécier les immenses avantages de la présence de l'héritier légitime du trône? Pas un de ces étudians n'était né sous Louis XVIII; le règne paternel des Bourbons était pour eux un problême. Depuis leur berceau, des chants de guerre, des pompes triomphales avaient enflammé leur brûlante imagination. Si ces deux bruyans véhicules ont un pouvoir presque magique sur la plupart des hommes mûrs, qu'elle influence n'auront-ils pas sur une jeunesse ardente?

La sagesse et la réflexion présidèrent rarement dans un groupe d'écoliers. Le parti qui présente le plus de mouvement sera souvent celui qui les flattera le plus.

Vouloir que les Français d'aujourd'hui soient tout-à-coup, en faveur du roi, ce qu'ils étaient il y a trente ans, serait, si elle existait, de toutes nos erreurs, l'erreur la plus dangereuse. Pour le bonheur de ma patrie, pour l'intérêt personnel du prince, j'aime à croire que cette erreur, dont les suites seraient incalculables, ne sera point celle des ministres et des diverses autorités. S'il en était autrement, qu'une plume d'or, qu'un écrivain-dieu se jette tout-à-coup dans l'arène et plaide une cause où se rattache le bonheur de tout un peuple.

Il faut, aujourd'hui, traiter le peuple français comme un aliéné convalescent ; pour lui faire perdre le souvenir de ses chimères, il faut encore quelque tems en caresser le déclin ; brusquer la cure, c'est vouloir raviver la maladie.

Le Dictionnaire des Girouettes n'aurait pas dû, sous tous les rapports, désigner comme manquant de caractère, deux ou trois mille jeunes gens chez lesquels il ne saurait être formé. L'âge et les diverses circonstances où se trouvèrent les écoliers en Droit et ceux de l'Ecole de Médecine, seront et devront toujours être leur excuse aux yeux de toutes les personnes impartiales et sensées. Ceux des deux Ecoles qui, saisissant mieux les bienfaits de la restauration, firent offre de leurs services au roi de France, devaient être un bouclier à l'abri duquel l'inconséquence de leurs jeunes camarades devait être hors d'atteinte.

Il est pénible d'être persuadé que l'on n'a pas craint, en reproduisant les adresses des deux Ecoles, adresses qui doivent à jamais être enfouies; on n'a pas craint, dis-je, de signaler une partie de ces jeunes gens à la haine de l'autre partie : c'est cependant ce qui pouvait résulter de leur insertion au Dictionnaire de Girouettes. Mais, grâce au ciel, Messieurs les étudians des deux Ecoles continueront de

vivre en bonne intelligence, et se moque-
ront des deux articles qui les concernent.

Berthier, prince de Wagram, pair de
France et capitaine des gardes du corps
du roi, pour échapper à la piqûre des
frelons-girouettes, il fallait, foulant aux
pieds les intérêts de ta patrie, suivre les
destinées d'un compagnon d'armes que
son insatiable ambition avait rendu le
fléau du monde! Berthier, on a voulu te
ravir le prix d'un grand sacrifice, celui
que tu fis de tes affections personnelles,
à l'intérêt sacré que tu ne pouvais, sans
crime, refuser de prendre au sort de ton
pays. Il fallait dire : sol qui m'a vu naître ;
France, où sont les tombeaux de mes
pères, je t'abandonne ; que m'importent
tes malheurs, je vais suivre un homme ; je
vais, si j'ai été dans l'erreur, je vais m'y
enfoncer encore et repousser l'héritier
d'un roi-martyr.

Malheureux ! si ta raison et tes devoirs
ne t'avaient dicté le contraire, ta patrie

aurait reçu ton dernier soupir. Au moins, un voile épais n'existerait pas sur les causes qui hâtèrent ta dernière heure.

Un Français, un guerrier, se brisant, du haut d'un palais, le crâne sur le pavé de Bamberg, devait être, je crois, un tableau lugubre et sacré dont la plume glacée d'un copiste, accusateur maladroit, ne devait jamais approcher.

Un homme inconséquent, méchant, sans caractère,
Souvent pour son plaisir ou pour quelque salaire,
Autour de lui répand le deuil et les regrets;
Il ose croire à peine à ses propres forfaits.
Le venin malgré lui découle de sa bouche.
Sa main, sans le vouloir, flétrit tout ce qu'il touche;
Et je préférerais un coup bien adressé,
Aux essais d'un méchant à demi-prononcé.

GILBERT.

Ces vers inédits, et qui méritaient d'être connus, peuvent-ils être appliqués aux auteurs du Dictionnaire? Est-ce inconséquemment, pour leur plaisir, ou pour quelque salaire, qu'ils ont essayé de faire du mal? Eux seuls, je pense, pourraient mieux que tout autre répondre à ces demandes. De mon côté, je serais satisfait que l'intention du mal ne fût pour rien dans leur ouvrage, leurs torts en seraient moindres, et c'est toujours quelque chose pour qui n'aime pas à trouver des coupables.

Néanmoins, en attendant la solution de ce problême, je leur demanderai par quel hasard on trouve dans leur Dictionnaire le nom de M. Claude-Louis Berthollet, membre de l'Institut, grand officier de la Légion d'honneur et pair de France, nommé par le roi.

M. le comte Berthollet a sûrement donné quelque sujet de mécontentement à ces auteurs ; car l'article qui le concerne est un peu plus que méchant, je le trouverais même un peu calomniateur : mais comme il est fort possible qu'ils aient été mal informés, ou qu'ils n'aient pas voulu prendre d'informations, je veux bien laisser au lecteur la faculté de prononcer sur le degré de leur culpabilité.

M. le comte Berthollet est, comme on sait, un savant distingué, et sur-tout un des chimistes les plus profonds de notre siècle ; infatigable dans ses recherches, constamment occupé de la science qu'il voulait approfondir, il paraissait rarement à la cour, où d'ailleurs il ne se plaisait pas. Quoique absorbé dans les sciences occultes, le comte Berthollet n'en apportait point la sécheresse dans la conversation. Simple dans ses goûts comme dans ses plaisirs, il ne paraissait dans les sociétés tumultueuses qu'autant qu'il ne pouvait honorablement les éviter. Un de ses grands délassemens était ses promenades du matin, avec le comte Laplace, dans le petit parc de sa maison d'Arcueil. J'aimais à voir ces deux savans en robe de chambre et en bonnet, ayant à la main chacun un échalas de six pieds de haut, faire au moins quatre lieues en allées et venues, dans un terrain de vingt arpens. Rarement, très-rarement la politique faisait l'objet de la conversation de ces deux amis : on y traitait des opérations du creuset, et de la fermentation des métaux.

Napoléon qui voulait se mêler un peu de tout, fit enjoindre à M. Berthollet de travailler à la découverte de nouveaux produits chimiques nécessaires à nos manufactures : c'était prendre M. Berthollet par son faible ; il travailla sans relâche. Nos manufactures, nos pharmacies médicales lui doivent une foule de découvertes précieuses et d'une grande utilité. Rarement le véritable génie pense à la fortune. M. le comte fit d'immenses déboursés que le gouvernement ne parlait pas de lui rembourser. Ne voulant point descendre à des demandes, il prit le parti de ne point paraître à la cour.

Napoléon s'apercevant de son absence, lui en fit demander la cause et l'apprit. « Il a raison, dit-il à M. Maret, il a travaillé

6

« à enrichir l'état de ses découvertes, il est
« juste que ses déboursés lui soient remis ;
« qu'il donne ses comptes, et qu'on les lui
« solde. » Ses comptes furent soldés. Voilà,
je crois , un fait simple dont il existe cent
témoins respectables.

Voulez-vous savoir maintenant de quelle
manière les collaborateurs du Dictionnaire
le racontent , ou plutôt le dénaturent ?
lisez l'article qui concerne M. Berthollet.
Mais comme ce livre insipide peut bien
n'être pas dans toutes les mains, je vais ,
malgré mon dégoût pour les citations,
rapporter une partie de l'article du Dictionnaire.

« M. Berthollet , disent les auteurs , a
voulu élever une manufacture de produits chimiques ; mais le savant , ou-
bliant qu'il était négociant , consommait
en expériences au-delà de ses bénéfices;
il fut contraint , malgré le revenu de
ses places, à s'absenter de la cour , faute
d'y pouvoir paraître dans l'état conve-

nable à son rang. L'empereur, s'apercevant de son absence, en connut les
motifs ; il le fit venir : « M. Berthollet,
dit-il, j'ai toujours cent mille écus au
service de mes amis, et il lui donna cette
somme. Berthollet signa la déchéance
de Napoléon. Le roi le nomma pair, le
14 juin. »

Quel heureux rapprochement de ces
deux phrases ! « Berthollet reçut cent mille
« écus de Napoléon ; Berthollet signa la
« déchéance de Napoléon ! » D'abord la
distance entre les deux actions n'est pas
déterminée ; c'eût été trop juste, et l'article
eût été moins sanglant. En second lieu,
la somme remise à M. Berthollet ne fut
point un présent de l'empereur, qui jamais ne fut libéral, mais bien le montant
des déboursés qu'il avait faits pour les intérêts de l'état, la prospérité de nos manufactures et la richesse de nos établissemens
pharmacopoles. Un prêt recouvré n'est
pas une gratification reçue. Ainsi un fait

simple en lui-même est devenu la matière d'une imputation mensongère et d'un article passablement méchant.

Les auteurs du Dictionnaire des Girouettes ont sûrement professé les principes de l'égalité de 1793 et jours suivans. Près du boulanger Hédé, du peintre Pajou et du marchand de musique Beauvarlet, les Girouettes accolent gentillement le prince royal de Suède. Si Hédé est une Girouette pour avoir fait du pain à l'empereur, et ensuite au roi, le prince de Ponte-Corvo manqua de caractère en cédant aux vœux d'un peuple libre dans son choix, qui l'appela pour le gouverner à l'avenir. On croirait cependant, au premier aperçu, qu'il faut avoir un grand caractère pour se charger d'un fardeau tel que celui qui fut offert au prince français. Tout par son génie, et rien par sa naissance; consentir à quitter le plus doux climat de l'Europe, le sol qui le vit naître, où tout retrace de doux souvenirs, pour aller

vivre sous un climat glacé , où les flocons
de neige remplacent l'haleine des doux
zéphirs ; abandonner le peuple le plus
doux , le plus affable de l'Europe , et se
transplanter tout-à-coup au milieu d'une
nation , franche il est vrai , mais encore
à demi-civilisée , et dont quelques provinces sont encore sauvages , d'une nation
dont on n'entend pas l'idiôme , et dont un
jour on sera le souverain ; toutes ces choses,
dis-je, n'annoncent pas en Bernadote un
être versatile et sans caractère : au contraire, l'Europe s'obstine à voir dans le
prince royal de Suède un homme extraordinaire , fort de son mérite et de son génie ; un homme enfin fait pour honorer la
nation qui le vit naître.

Si l'honneur du nom français eût eu
quelque prise sur le cœur de ceux qui
rédigèrent le Dictionnaire des Girouettes,
ils eussent senti qu'il est bien flatteur ,
bien honorable pour la France, de voir
un de ses simples enfans à la tête des

anciens sujets de Charles XII et Gustave Adolphe.

Désormais plus heureuse et plus tranquille sous un prince légitime, la France trouvera dans le futur monarque de la Suède, un allié d'autant plus fidèle qu'il ne saurait oublier qu'il est né sujet du roi de France. Le ciel a déja voulu que vingt-deux Français, débris perdus de la malheureuse retraite de Moscou, eussent à le remercier d'avoir permis qu'un de leurs compatriotes fût à la tête de la nation suédoise. Voici le fragment d'une lettre écrite de Stockholm, le 28 décembre 1812, par le sieur Gérard, sergent-major du 8e. régiment, à son frère :

« Si cette lettre, plus heureuse que les autres, peut te parvenir, mon cher frère, va de suite à Orléans, consoler ma pauvre mère qui, sans doute, me croit mort dans les déserts glacés de la Russie. Il n'appartient pas même à ceux qui les ont éprou-

vés de peindre les maux et les tortures
qui nous assaillirent pendant trente-huit
jours consécutifs que j'errai dans des con-
trées, des déserts où jamais peut-être le
pied d'un mortel n'avait foulé la neige.
Après l'affaire de Smolenka, nous nous
trouvâmes vingt-sept soldats de différens
corps, séparés de notre armée, à cette
époque, dans le plus grand désordre.

« Préférant la mort à tomber au pouvoir de l'ennemi, nous résolûmes de
marcher à travers les déserts et les chemins inhabités pour lui échapper. Ah! si
nous eussions connu la centième partie
des maux qui nous attendaient, nous
nous serions présentés au premier corps
de Kalmoucs, pour en recevoir ou la
mort ou des fers. Mais le ciel, pour nous
faire mieux sentir la douce situation où
nous sommes aujourd'hui, voulut qu'en
trente-huit jours nous éprouvassions des
tourmens que j'aurais toujours cru au-
dessus des forces humaines. Je ne saurais

te les détailler : qu'il te suffise de savoir que le jeune Fillard, ton camarade d'étude, a eu l'horrible courage de manger, pendant la nuit, un morceau de la cuisse de son caporal qui venait d'expirer. Il fit cet affreux repas le trente-cinquième jour de notre vagabondage.

« Cette circonstance te paraîtra peut-être une fable ; mon frère, de même qu'il y a un Dieu, j'y étais présent. Tu connais Fillard, tu sais que c'est un jeune homme doux, timide, bien élevé : hé bien ! les tortures de la faim l'ont rendu un moment antropophage : il vit encore ; il te certifiera le fait. A cet échantillon, juge du reste. Enfin, le trente-huitième jour de marches horribles et forcées, nous fûmes tout-à-coup entourés par un parti que nous apprîmes ensuite être des Suédois.

« J'ignore par quels chemins nous étions parvenus en Suède ; quoi qu'il en soit, on nous conduisit au premier village. Tout ce qui nous approchait recu-

lait d'épouvante ; en effet , nous étions
hideux : on nous enferma dans une étable ,
où on nous apporta tout de suite des
vivres. Depuis trente-huit jours , nous
n'avions vécu que de racines , et de la
viande d'un cheval que nous avions trouvé
mort , le huitième jour de notre marche.
Chacun de nous en avait tellement fait sa
provision , qu'il n'en avait resté que ce
qui ne pouvait s'emporter. La neige gelée
nous fut encore d'un grand secours ; et,
malgré l'excès du froid , nous avions presque toujours un morceau de neige dans
notre bouche.

« Nos longues souffrances nous avaient
totalement privés d'un des cinq sens , le
goût. Tous incapables d'apprécier les ali-
mens qui nous furent donnés , nous les
reçûmes sans trop d'avidité ; nos corps
s'étaient façonnés avec les privations. La
seule chose dont nous sentîmes bien le
prix , ce fut la bergerie et sa bienfaisante
chaleur. Depuis longtems nous n'avions

reposés à couvert : aussi cette bergerie fut pour nous un brillant palais, et la paille sur laquelle nous reposâmes eut tout le moelleux de l'édredon. Le lendemain, on vint nous chercher pour nous conduire à Rozen.

« Vainement nous essayâmes de nous lever. Le repos de la nuit nous avait fait des jambes de laine ; déjà même elles commençaient à s'enfler et nous faire souffrir. On nous mit sur des chariots couverts, dont le cahot nous tourmenta cruellement pendant sept jours que dura notre voyage. Sitôt que nous fûmes arrivés, on nous conduisit dans une espèce d'hospice assez mal tenu : là, différentes maladies se déclarèrent parmi mes compagnons d'infortunes. Trois en moururent ; ce qui, avec deux autres que nous avions perdus dans notre route, nous réduisait à vingt-deux personnes. En six semaines, nous fûmes guéris.

« Il fut alors question de nous conduire

dans une place forte, où nous aurions demeuré prisonniers. C'est alors que je me ressouvins qu'un Français, qu'un guerrier, sous lequel j'avais servi, était l'héritier présomptif du trône de Suède. J'eus la hardiesse de lui écrire le détail des maux que nous avions soufferts, et de lui demander la grâce de retourner en France. Onze jours après, le baron d'Aveinsperg, gouverneur de la ville, reçut l'ordre de nous faire partir pour Stockholm, sous la conduite d'un officier suédois. Arrivés dans la capitale, notre guide nous installa dans un couvent d'hommes, où l'on eut de nous le plus grand soin ; nous pouvions entrer et sortir.

« Le second jour, on nous dit de ne point nous écarter du logis. Je soupçonnai une visite du prince royal ; en effet, sur le soir, je le vis entrer dans le couvent ; il n'avait que deux officiers avec lui. Il est impossible de te répéter tout ce qu'il nous dit de consolant et d'affectueux. Il a

voulu entendre de notre bouche le récit
de nos incroyables fatigues. Il était prêt
à verser des larmes. «Quant à repasser en
France, a-t-il ajouté, le moment n'est
pas propice ; il y aurait même du danger pour vous. Restez quelques tems à
Stockholm. Que ceux d'entre vous qui
ont des états s'y occupent. Je donnerai des
ordres en conséquece. Quant à ceux qui
n'ont pas de métier, comme ce couvent
doit être votre maison habituelle, ils y
trouveront tout ce dont ils ont besoin. »
Il se retira, après nous avoir assuré de sa
protection, dont nous ne tardâmes pas à
éprouver les effets.

« Le lendemain, un tailleur fut chargé
de nous fournir deux habits bourgeois
complets. Le même jour, il fut remis à
chacun de nous à-peu-près cinquante écus
de France. J'ignore comment le prince
s'y est pris pour nous faire connaître ;
mais en cinq jours, nous eûmes tous de
l'occupation. De huit d'entre nous qui

n'avaient pas de métier, cinq sont d'heureux domestiques, trois autres sont palfreniers. Ton camarade Fillard est le plus heureux de tous. L'état de graveur, dans lequel il est très-habile , est infiniment recherché à Stockholm. Aussi gagne-t-il ce qu'il veut. Je le crois bien pour sa vie en Suède. Quant à moi, quoique la coutellerie suédoise ait de bons ouvriers , je suis très-considéré où je suis , et je ne gagnerais pas en France la moitié de ce que l'on me donne ici. Quoi qu'il en soit, j'attends avec impatience le moment propice qui me rendra à la France et à ma famille. De mes vingt-deux compagnons d'infortune , je n'en trouverai peut-être pas quatre qui voudront rentrer dans leur patrie. . . . . »

Si quelqu'un révoque l'existence de cette lettre , il peut en prendre connaissance rue des Marais , chez M. Gérard.

Cette lettre, où les plus légers détails ne sont pas sans intérêts, donne à présumer que la France trouverait de grands avantages à voir Bernadotte affermi sur le trône de Suède.

D'après le raisonnement des Girouettes, un des plus grands titres qu'ait le prince royal à figurer dans leur Dictionnaire, c'est d'avoir fait partie de la confédération des puissances alliées pour détrôner Buonaparte. Si ces écrivains n'étaient réellement pas de véritables Girouettes, ils auraient réfléchi qu'ils s'exposent à passer pour les partisans de l'ex-empereur. Car, raisonnons; que veulent-ils pour qu'on soit à leurs yeux un homme d'honneur, de caractère et ferme dans ses principes : ils voudraient que princes, ministres, généraux, soldats, citoyens, en un mot, tout ce qui a suivi le parti de l'usurpateur ne l'eût point abandonné, même à l'arrivée du monarque légitime. Je défie les auteurs de me nier que ce n'est pas la consé-

quence de leur systême. J'aime à croire
que leur peu de jugement ne leur a pas
fait apercevoir que leur livre donne le
droit de leur supposer de pareilles intentions.

L'honneur du prince royal, l'intérêt
sacré des peuples qui l'appelèrent à les
commander un jour, lui firent un devoir de réunir ses forces à celles de l'Europe confédérée contre un homme qui
voulait éternellement troubler la paix des
nations.

Bernadote n'était plus un simple particulier, c'était le chef futur d'une nation
qu'il devait, au prix de ses plus chères
affections, soustraire au ressentiment des
grandes puissances qui l'environnaient.
Buonaparte avait fait perdre plusieurs
provinces à la Suède; il devait l'en
récompenser par d'autres provinces,
dont il avait promis de l'en faire indem-
niser. Il en avait alors le pouvoir; mais
il préféra se jouer de ses promesses et

du prince royal. Celui-ci, au surplus, et les intérêts de la Suède à part, pouvait-il aimer un homme qui, tous les jours, regrettait d'avoir appuyé son élection ? Pouvait-il continuer à suivre le parti d'un homme qui, depuis longtems, conspirait sourdement pour le perdre dans l'esprit des peuples qui l'avaient appelé? d'un homme qui disait, à qui voulait l'entendre : « Bernadote apprend le suédois; ce serait un coup adroit de lui faire achever son cours à Vincennes. » Que ne dirait pas le chevalier de Signeul, chargé alors des affaires de France en Suède? que ne dirait-il pas des ressorts que Napoléon fit mouvoir pour perdre le prince royal ? C'est dans de pareilles sources qu'il aurait fallu puiser avant d'entacher un prince qui fit son devoir en sauvant son peuple des calamités prêtes à l'engloutir.

Si par le nombre des personnes comprises dans le Dictionnaire des Girouettes, les auteurs ont prétendu donner à leur ouvrage une variété piquante, ils se sont trompés. C'est une collection monotone de noms, présentée sans grâce, sans critique et sans le plus léger motif. Dans ces noms, celui du chevalier de Boufflers est un de ceux qui présentaient le moins de prise à la malignité. Honoré de l'estime de Louis XVI, gouverneur, pour le roi, des établissemens français du Sénégal et de Gorée, le chevalier de Boufflers fut nommé membre de l'assemblée constituante. Tout le monde sait, si dans cette assemblée ne siégeait pas ce que la France avait d'hommes illustres et de génie.

Le chevalier de Boufflers, indigné des principes que certains hommes commençaient à développer, se retira à Berlin pendant la révolution; il était de l'Académie de cette ville. Il reçut l'accueil le plus flatteur de tous les grands personnages et savans de cette nation. La morale et la solidité de quelques discours

7

qu'il lut à l'Académie de cette ville, achevèrent de lui concilier les suffrages et l'estime de tout le monde. De retour en France, sous le consulat de Buonaparte, il vécut parfaitement ignoré , au sein d'une petite société d'amis aussi illustres que savans. Quelque tems après , l'empereur lui envoya la décoration de la Légion d'honneur, que certes , il n'avait point sollicitée.

Voilà tout , absolument tout ce que le chevalier de Boufflers eut de commun avec le règne de Napoléon. Voilà ce que tout le monde sait ; mais ce qu'il ne sait pas, c'est que si M. de Boufflers fut décoré de la croix d'honneur , il la dut à Regnault de Saint-Jean-d'Angely. L'empereur ne pensait certes point au chevalier de Boufflers, qui , n'ayant jamais rien fait pour lui , vivait encore dans la plus parfaite retraite. M. de Boufflers n'ayant pas la croix d'honneur à sa boutonnière, devenait à la tribune de l'Institut un témoin parlant de la partialité avec laquelle on distribuait cette décoration. Le jeune académicien qui siégeait à côté de cet illustre vétéran, n'osait porter le signe de l'honneur que l'on n'avait pas donné au chevalier de Boufflers qui, sans doute, le méritait à plus d'un titre.

Cette inconvenance fut généralement sentie. Plusieurs membres de l'Institut en parlèrent à Regnault d'Angely. Celui-ci promit d'en instruire l'empereur, et tint parole. « Ce n'est qu'un savant, lui dit le Corse, il ne veut rien faire pour l'état.» Le favori insista sur la nécessité de cette promotion, nécessité qu'il appuya de l'honneur du corps entier des académiciens. Sa cause enfin fut gagnée, et Boufflers obtint la croix d'honneur. Je doute cependant qu'il l'eût reçue, si Buonaparte eût eu connaissance de l'épître à Delille, où se trouvent ces vers, qui sont réellement une profession de foi :

Du chantre des saisons proclamer l'innocence,
Célébrer dans tes vers un martyr glorieux,
Dédaigner d'encenser un Corse ambitieux,
C'est te rendre immortel par un noble silence.

Après de tels documens, il m'était bien permis d'assurer que rien, absolument rien ne pouvait faire comprendre le chevalier de Boufflers dans le Dictionnaires des Girouettes ; et que s'il lui a fourni un article, c'était seulement pour grossir l'ouvrage et faire nombre.

Tout est donc erreur dans ce monde ? Les notions du juste, du beau, du vrai ne sont plus le partage que de quelques individus privilégiés, comme à-peu-près les auteurs du Dictionnaire, hommes vraiment extraordinaires. Ne doutez pas de leurs jugemens parce qu'ils auront essayé de vous prouver que tel qui vous paraissait un géant n'est plus qu'un nain à leurs yeux. Si vous leur dites que la renommée a justement signalé des noms fameux dans l'ordre des avocats ; que l'Europe a ratifié l'opinion que toute la France avait émise sur leur compte, ils vous diront, ces illustres rapsodistes, que la France et l'Europe n'y voient goutte, et que messieurs Badin, Buchotte, Chauveau-Lagarde, Cochu, Collin, Dejoli, Delacroix-Frainville, Dupot, Gérardin, Huart-Duparc, Kugler, Legras, Parent-Réal, Raoul, Thilorier sont de méprisables Girouettes, sans caractère, sans énergie, et qui plaideraient pour le roi de Maroc, s'il venait en France. Ils vous diront que ces avocats ne devaient plus plaider du jour où Buonaparte perdit sa cause. Ce qu'il y a de certain dans toute cette affaire, c'est que de tous ces avocats il en faudrait un fameux pour plaider avec succès la cause du livre qui les insulte. J'avoue que moi, pigmée de l'art du barreau, je lutterais avec plaisir, en sens contraire s'entend, contre tous les Démosthènes présens et à venir.

Le bon public ne se doutait pas, sans doute, que c'était pour aller entendre une

Girouette, que le public se portait en foule
sous les portiques du temple des lois, dans
ces jours de deuil où le despote jaloux fit
mettre sur la sellette son illustre rival ,
l'immortel vainqueur de Hoedelingen.
Non, certes, vous n'étiez pas une Girouette,
éloquent défenseur de Moreau ! De grands
dangers étaient attachés à votre entreprise;
vous les bravâtes. Un terrible exemple
était encore sous vos yeux ; le coup de
hache qui fit tomber la tête de l'infortuné
Malesherbes vibrait encore dans l'air ;
vous n'en fûtes point effrayé : votre fou-
droyante éloquence ne sauva pas tout-à-
fait la victime ; elle était déja condamnée,
que l'on ne vous avait pas entendu ; mais
les juges qui avaient l'ordre d'envoyer à
la mort le célèbre général (1), anéantis par
la force et la solidité de vos raisonnemens,
effrayés du crime qui leur était ordonné ,

---

(1) Voyez les Mémoires secrets sur Napoléon.

n'eurent plus le courage d'égorger la victime ; le bannissement remplaça la mort. Et vous aussi , juges intègres de ce tribunal inique , la chaleur de votre opposition s'accrut de l'éloquence de l'orateur. Les volontés d'un despote jaloux, les passions des hommes vendus à ses caprices , sont donc bien peu de chose, puisque l'éloquence et le bruit d'une Girouette les ont enchaînées !

Lorsque M. Chauveau-Lagarde fut présenté au roi et à madame la duchesse d'Angoulême , il en reçut l'accueil le plus flatteur ; l'un et l'autre lui prouvèrent le vif intérêt que leur inspirait l'honneur du barreau français. Après de pareils suffrages , M. Chauveau-Lagarde ne s'attendait pas , je pense , à se voir , l'année suivante, couché dans un mauvais livre, avec une épithète qui ferait tout le contre-poids des éloges du prince et de son auguste nièce. Mais enfin, que cet avocat se console , il n'est pas le seul homme de bien

que les auteurs-Girouettes ont essayé d'insulter.

Orphelins qui, pour sauver votre héritage, n'avez plus que l'appui des lois ;
mortels infortunés que la calomnie a placés sur la sellette du crime; vous que des
apparences habilement travaillées contre
vous, rendent coupables aux yeux du vulgaire, qui, désormais, chargerez-vous
d'écraser vos adversaires? Ce n'est point un
orateur ordinaire qu'il faut à votre cause,
ce sont les demi-dieux du barreau. Infortunés, je vous plains ! ils ne sont plus
ces hommes qui, seuls, pouvaient vous
arracher à l'infamie ; un tribunal de Girouettes a prononcé anathême contre eux;
ils les ont perdus dans l'esprit des premiers
magistrats, qui désormais ne verront plus
en eux que des hommes versatiles sans caractère, et dont les fougues éloquentes
n'influeront pas plus sur l'esprit des juges
que les mouvemens incertains et criards
d'une vile Girouette.

Cependant , comme je ne veux pas désespérer l'infortuné dont la cause demande un habile avocat , je le préviens que je suis informé que l'insulte faite par le Dictionnaire des Girouettes à messieurs les avocats au conseil , est totalement retombée sur lui, et que , tout bien calculé , les uns seront toujours l'honneur du barreau , et l'autre un pauvre ouvrage.

Ce n'est pas toujours vrai que l'obscurité des individus les sauve des atteintes de la malignité : M. Dumont , huissier exploitant à la commission du contentieux, en est la preuve. Vainement ce bon M. Dumont s'est caché dans la rue Saint-Lazarre ; vainement a-t-il pour lui le besoin d'exister et de faire exister sa famille : le malheureux n'a pu échapper aux serres des Girouettes-auteurs ; tout comme un autre, il a reçu son coup de patte ; on ne lui a pas même fait grace du numéro de sa maison. C'est le cas où jamais de s'écrier , avec un grand comique,

> . . . . On ne s'attendait guère
> A voir monsieur Dumont dans ce Dictionnaire.

Des hommes de génie, des guerriers couverts d'honneur, des corporations savantes, des cours souveraines, ne présentaient point un plastron assez vaste aux sarcasmes des auteurs du Dictionnaire. La garde nationale, soixante mille hommes que la capitale et les alliés accusent d'avoir sauvé la capitale; la garde nationale, dis-je, devait aussi recevoir un coup de fouet. En la voyant faire partie du Dictionnaire, je n'ai pas perdu l'espoir d'y rencontrer Dieu même; car, dans le système des Girouettes, Dieu mérite bien aussi sa petite part d'une bonne mercuriale; et même, comme chef suprême de l'univers, son article devrait être plus ample que celui de ses frêles créatures. Il est, j'ose le dire, infiniment plus Girouette; il a, tour-à-tour et sans distinction de parti, fait luire son soleil sur les Français républicains, obéissans à Buonaparte, ou sujets des Bourbons.

De ces trois gouvernemens, il en était cependant un légitime. Que n'a-t-il alors privé les deux autres de la chaleur bienfaisante du soleil ? Ce refus terrible d'un Dieu désapprouvant de coupables autorités, nous en eût signalé les membres, nous les eussions repoussés, et le fameux Dictionnaire n'eût point fait gémir la presse et le bon sens. J'aime à croire que les auteurs rétabliront cette lacune dans une nouvelle édition.

Dans quelle vue la garde nationale fut-elle instituée ? Fut-ce pour devenir le rempart du souverain, ou pour être celui de toutes les propriétés particulières ? Son but primitif ne fut pas de marcher à l'ennemi, pour soutenir sur un trône usurpé le guerrier que l'univers confédéré voulait en faire descendre. L'intention de chaque garde national fut de sauver la capitale et

les individus des projets secrets des mal-
intentionnés ; de soustraire sa propre fortune à la rapacité de la classe égarée et
malheureuse.

Napoléon , en décrétant l'organisation
de la garde nationale , avait ses vues , qui
ne furent point du tout celles des citoyens
qui la composaient. Le premier , qui ,
depuis vingt ans , modelait les Français au
gré de ses caprices , croyait, après avoir
enrégimenté soixante mille pères de famille , les porter sur l'ennemi , soit dans
les plaines de Saint-Denis ou de Mont-
Rouge , soit sur la butte de Saint-Chau-
mont. « Ce n'est pas de la ligne , disait-il
« au maréchal Ney; mais une fois en
« ligne, il faudra bien qu'ils soient sol-
« dats. »

De son côté , la garde nationale, pour
obtenir la permission de se former en
corps armés , fit mine d'acquiescer aux
intentions secrettes de l'empereur , se ré-
servant bien de s'expliquer au moment

décisif, de manière à lui prouver que soixante mille chefs de maison ne se jetteraient point au milieu des boucheries guerrières, pour soutenir les refus de paix que chaque jour il signifiait aux puissances victorieuses. A l'aide de cette politique, la garde nationale obtint des armes et son organisation. Dès-lors la tranquillité de la capitale fut assurée, la malveillance contenue, et les propriétés respectées. C'était tout ce que voulait la garde nationale.

Buonaparte ne fut pas longtems sans apprendre les intentions de cette garde. Il aurait bien voulu s'en venger, mais il n'était plus tems. Dissimuler, lui parut plus sage. Cependant, un jour que le général Rusca, qui commandait la place de Soissons, insistait sur la nécessité d'armer sur-le-champ huit bataillons de garde nationale active qui venaient d'arriver dans la place, Buonaparte ne put retenir ces mots : « J'ai donné quarante mille fusils aux parisiens, qui feraient bien mon affaire aujourd'hui. »

La garde nationale en déguisant ses vues secrètes pour obtenir des armes et son organisation, prouve qu'elle n'était pas tout-à-fait Girouette. Le Dictionnaire s'appuie d'abord de l'adresse à l'impératrice, sans réfléchir que cette pièce n'est que le style des circonstances, que le présent d'alors et le passé justifient amplement. Etait-il question de l'auguste famille des Bourbons. Non : journaux étrangers et français n'en avaient point encore parlé. Dans les négociations de Châtillon, leur nom n'avait pas même été prononcé. On ne connaissait que l'ancien gouvernement. C'était donc à lui seul que l'on pouvait s'adresser. L'approche même des armées ennemies semblait rattacher les cœurs au guerrier, qu'autrefois la victoire avait couronné. La capitale entière, quelques individus exceptés, desirait voir culbuter les cohortes ennemies. Buonaparte encore apprécié comme militaire habile, était le seul présumé capable de ressaisir la victoire. Des vœux en sa faveur, et des phrases encourageantes ne peuvent être un crime. Ce n'était plus Buonaparte que l'on voulait voir vainqueur, pour l'intérêt de sa gloire seulement, c'était la France que chacun desirait voir délivrée de la dévastation des armées étrangères.

Était-il possible, au surplus, que tous les officiers de l'état-major pensassent de même ? Le chef du gouvernement ne pouvait-il pas y avoir des amis, lui qui, depuis quinze ans, avait rattaché tant d'intérêt aux siens ? Certes, c'est ce dont on ne pourrait douter. Conséquemment, l'adresse à la jeune impératrice-régente, ne pouvait motiver le girouettisme des gardes nationaux.

Buonaparte savait tellement bien que la garde nationale ne se sacrifierait point à ses fureurs, que le 12 mars 1814, il

écrivait à l'archi-chancelier, qui le pres-
sait de venir défendre la capitale à la tête
de sa garde nationale : « Paris n'a pas
besoin de ma présence. Ses habitans n'ont
pris les armes que pour se défendre des
filoux. » Buonaparte aurait volontiers sa-
crifié la capitale , ne fût-ce que pour se
venger de ce que la garde nationale , se
bornait à la soustraire au désordre et au
pillage des malveillans de l'intérieur.

La sortie de quelques gardes nationaux
serait-elle aussi réputée un acte en faveur
des intérêts de Buonaparte? je ne le crois
pas. La garde nationale fourmille d'hommes qui ont servi ; ils sont Français , et
l'ennemi était à leurs portes. La fumée
du canon , celle du mousquet venaient
jusques à eux. Les vapeurs du salpêtre
embrâsé, la vue d'un ennemi qui, depuis
vingt ans fuyait devant eux , vint tout-à-
coup remuer dans leurs cœurs le desir de
partager encore les dangers et les honneurs d'un combat. Tout le monde sait

que le bruit des tambours ; le son des trompettes , et les détonations de l'artillerie agissent puissamment sur le physique d'un ancien brave, quoique retiré depuis longtems de la scène des combats. J'ai vu, le 30 mars 1814, une foule d'anciens soldats, tellement emportés par de glorieux souvenirs, franchir les murs de la capitale, pour aller, sans armes, se mêler aux guerriers qui la défendaient; d'autres pétillaient d'impatience au bruit de notre mousqueterie. Voilà le Français , et surtout celui qui est né depuis vingt-cinq ans.

La garde nationale, depuis sa création dernière, n'a donc jamais eu qu'un seul but, celui de l'ordre et du repos de la capitale. La nuit du 30 au 31 mars, doit être en tête de ses archives. Sa fermeté ne contint pas seulement les mauvaises têtes du dedans, mais bien encore l'avidité des troupes légères de l'ennemi. Je défie qui que ce soit, les Girouettes même, de lui enlever ce titre à la reconnaissance de ses concitoyens. Si la garde nationale a réellement rempli le but qu'elle se proposait, il était donc injuste de l'accuser de versalité. Si néanmoins un penchant décidé pour la cause des Bourbons est un titre au Dictionnaire des Girouettes, j'avoue que la majorité de la garde nationale a mérité d'y être inscrite.

Traçons ici un tableau rapide de notre position au mois d'avril 1814 ; c'est le seul moyen de prouver sans réplique qu'ils ont voulu gratuitement insulter la garde nationale parisienne. Les alliés étaient maîtres de Paris. Le gouvernement provisoire et le sénat déclarent Napoléon Buonaparte déchu du trône, et relèvent tous les Français du serment prêté à l'ancien gouvernement. Buonaparte lui-même abdique solennellement à Fontainebleau, pour se retirer dans l'île d'Elbe. Qui maintenant doit régner en France ? Sera-ce un Russe, un Prussien, un Anglais ? Les étrangers sont en droit de nous donner quel maître ils voudront.

La raison du vainqueur, la force, en un mot, peut nous ravir un choix. Eh bien ! il en est autrement. On nous indique Louis XVIII, le frère de Louis XVI, le petit-fils de Henri IV, l'héritier légitime du trône. Certes, c'était beaucoup plus que nous étions en droit d'attendre. Aussi l'élan de la garde nationale ne pût-il se comprimer. Moins que l'intérêt du roi, je l'avoue, ceux de la patrie précipitèrent les gardes nationaux au-devant du comte d'Artois et du roi de France. L'espoir d'une paix générale, celui de voir les hordes étrangères retourner dans leurs climats, mit seul les chapeaux au bout des sabres et des baïonnettes. Un accueil aussi flatteur fait à des hommes de paix, dont les mains pouvaient, sur-le-champ, mettre un premier appareil sur nos blessures, pouvait-il donner à ceux qui le firent, le titre de Girouettes ?

La garde nationale, libre alors d'exprimer ses sentimens, oublia l'oriflamme ensanglantée d'un conquérant furibond, pour suivre l'étendard de la paix et du bonheur général. Le but de son institution fut toujours le même. Elle avait protégé les personnes et les propriétés sous Buonaparte ; sous les Bourbons, elle protégea les personnes et les propriétés. Sous Napoléon, elle n'espérait la paix qu'aux prix d'un fleuve de sang ; Louis XVIII la lui promettait par la haute estime que lui conservaient les monarques alliés. Je demande maintenant aux auteurs du Dictionnaire, quel choix il aurait fallu faire ? La garde nationale créée et armée sous Napoléon, lui avait prêté serment. Quoique dégagée de ce serment, devait-elle, à l'arrivée du roi, ne point en prêter un nouveau, se retirer en silence, déposer ses armes et livrer la capitale à l'insolence de la soldatesque étrangère, aux chocs des divers partis,

ainsi qu'aux entreprises de la malveillance et du besoin? Si les auteurs que
j'interpelle disent *non*, et que la garde
nationale a déployé dans ces momens
difficiles le seul caractère qui lui conve-
nait, les auteurs prononcent contre eux-
mêmes; si au contraire, ils disent qu'elle
aurait dû s'en tenir à son premier serment;
je laisse au lecteur, à la France entière,
de prononcer sur les auteurs et sur les
suites de leur systême. Outre l'intérêt
de la patrie et le repos de la capitale,
que la garde nationale eût toujours en
vue avant toute autre affection, je crois
impossible de prouver qu'elle s'est un
seul instant démentie des sentimens qu'elle
exprimait au roi de France, lors de sa
première entrée à Paris.

Monsieur et Louis XVIII arrivèrent
de Saint-Denis au palais des Tuileries,
au travers de deux haies continues de
gardes nationaux. Cavalerie et infanterie
entouraient leurs voitures. Des cris de

joie s'échappaient de tous les rangs. Maintenant, hommes impartiaux, dites-moi si la garde nationale, au 20 mars 1815, a formé une double haie depuis Villejuif jusqu'aux Tuileries ? dites-moi, quels gens firent continuellement retentir l'air des cris de leur approbation ? Fût-ce la garde nationale en corps, infanterie et cavalerie ? non, sans doute; il n'existait pas de haie, pas la plus mince escorte de garde nationaux. Sur la route de Villejuif, on voyait des soldats égarés ou séduits, des malheureux désœuvrés et sans pain, des groupes d'officiers mécontens et à demi-solde. Voilà quel fut le cortège de Buonaparte revenant de Cannes au château des rois.

L'empereur n'ignorait point la noble réception que la garde nationale avait faite au roi, l'année d'avant; il savait aussi que vainement il attendrait un pareil accueil à son retour; aussi, ne voulût-il point entrer en plein jour. Jamais reprise de possession ne fut plus lugubre. La torpeur de la capitale était d'un sinistre augure pour le prince réintégré. Cette différence de conduite au mois d'avril 1814 et au 20 mars 1815, justifie complètement la garde nationale de Paris. Les Girouettes étaient donc alors rouillées sur leurs pivots, pour avoir ignoré ces détails? Autrement, je crois qu'elles auraient fait plus d'attention à leur article.

L'apathie de la garde nationale pour le nouveau souverain, ne lui fit point oublier qu'elle se devait encore et plus que jamais, au maintien de la tranquillité publique ; et comme le dit fort bien le Dictionnaire des Girouettes, *la garde nationale fit son service comme par le passé.* Comment voulait-on qu'elle le fît? Son but était le même, et l'intérêt des individus n'était pas changé.

Si la garde nationale, au 30 mars 1814, rendit de grands services, sa conduite au 20 mars 1815, ne fut pas moins notre

sauve-garde. Dans le nombre des militaires que ramenait le retour de l'empereur , il en était beaucoup de très-mal
disposés envers les habitans de ·Paris.
Mille calomnies avaîent été fabriquées sur
leur compte. Les gardes nationaux en
étaient les plus chargés. Les soldats le
disaient hautement, et l'épithète de che-
valiers de Pantin, qu'ils leur donnaient
les premiers jours , aurait pu avoir des
suites funestes , si la modération et la
bonne contenance des insultés, n'eussent
enchaînés le ressentiment des agresseurs.
L'œil ne peut sonder la profondeur de
l'abîme qu'aurait creusé sous nos pas une
scission entre les troupes de ligne et les
citoyens armés; mais les militaires mieux
instruits de la conduite des gardes nationaux , leur rendirent bientôt leur estime
et leur amitié.

L'intérêt que je porte à ma patrie est
cause que cet article du Dictionnaire ,
contre la garde nationale, m'a beaucoup

plus affecté que les autres. La raison en
est simple, c'est que beaucoup de personnes dans les départemens, accusent
injustement les habitans de Paris, d'a-
voir livré la capitale aux puissances étrangères.

Dans un voyage que M. Ternaux fit
dernièrement à Troyes en Champagne,
il fut contraint, pour sa sûreté personnelle, de ne point porter son uniforme.
La province, aigrie par ses malheurs,
devrait bien ne pas la rejeter sur la capitale, qui n'eût pas plus qu'elle, les
moyens de repousser la multitude de nos
ennemis. Ce n'est, certes, pas dans l'intention de prouver cette vérité aux départemens, que les auteurs Girouettes
ont signalés, sous cette dénomination,
les gardes nationaux de la capitale. J'aime
cependant mieux croire à leur irréflexion,
qu'à leur mauvaise foi. Ces auteurs ont
cru fermement completter leur accusation
de versatilité contre la garde nationale, en

disant qu'elle a reprêté serment à l'empereur, le 16 avril 1815. Que voulait-on
qu'elle fît ? que pouvait-elle faire dans
ces circonstances ? Remettre , comme je
l'ai déja dit , ses armes ; abandonner ses
postes, et les tumultes journaliers de la
capitale , à l'arbitraire des troupes de ligne
qui l'aurait remplacée ? Si elle en eût agi
ainsi , elle eût manqué au but de son
institution ; elle eût réellement trahi son
caractère , au lieu d'en déployer un. Elle
fit mieux : impassible , au milieu des
évènemens qui la maîtrisaient , elle parut
au Champ-de-Mai , comme un bon parent
à la célébration d'un mariage qu'il n'ap-
prouve pas. La crainte de troubler la
famille , les y a entraînés tous les deux.

Une chose vraiment curieuse et que
beaucoup de personnes ignorent , c'est
que l'empereur aurait voulu, pour beaucoup , ne point recevoir un nouveau serment de la garde nationale : « elle le
prêtera, disait-il, le 4 avril , au duc de

Vicence ; elle le prêtera, parce qu'elle ne peut éviter de le faire : — Eh bien ! répliqua le courtisan, recevez-le de même ». La politique et les convenances décidèrent donc ce nouveau serment. Cependant, l'empereur fut longtems à désigner le jour de cette cérémonie. Il fut annoncé plusieurs fois, et reculé de même. Après la revue, il dit tout haut à Bertrand : « Maréchal, je viens de « faire une forte corvée ? Je n'aime guères « à grimacer ainsi ». — C'est égal, répond Bertrand, voilà toujours les Parisiens débourbonisés. — Jusqu'à nouvel ordre, ajoute le prince, en souriant. »

Napoléon, comme on le voit, connaissait mieux la garde nationale que les compilateurs du Dictionnaire. Il savait bien que la majorité n'avait pas changé de sentiment à l'égard des Bourbons. En effet, la réception qu'une foule de gardes nationaux fit au roi, le 8 juillet 1815 ; réception nullement ordonnée, élan spon-

tané des individus ; cet accueil, dis-je ,
ajoute un dernier coup de pinceau à la
justification de la garde nationale. Sa
conduite depuis cette époque, prouve
qu'elle n'a jamais manqué le but de son
institution : ses nombreux sacrifices et
ses veilles continuelles, sont des indices
certains d'un caractère ferme et soutenu.

Je ne quitterai point cet article sans
répondre à une phrase d'un écrit clan-
destin, dont je n'accuse point les auteurs
du Dictionnaire ; car tout pamphlet qu'il
est, le style en est au-dessus de celui de
ses écrivains. Entre autres impostures,
ce petit ouvrage avance en principe que
la garde nationale a tué l'esprit national.
Voici comme il s'exprime à ce sujet :
« La garde nationale de la capitale a
« sans doute rendu de grands services à
« quelques individus ; mais elle a perdu
« l'esprit et le courage national. Quand
« tous les élémens du bonheur général
« sont bouleversés, toutes compressions

« des masses ardentes sont un crime
« dont on ne connaît les résultats que
« quand il n'est plus tems d'y remédier.
« Les provinces avaient les yeux sur la
« capitale. De sa résistance, de l'emploi
« de ses moyens contre les efforts des
« alliés, dépendaient leurs efforts et leur
« résistance. Les cohortes étrangères eus-
« sent été englouties, si Paris, contenu
« dans sa population, n'eût ouvert ses
« portes. Chaque groupe que la garde
« nationale dispersait, la baïonnette au
« bout du fusil, était une plaie faite à la
« patrie. De ces ramas d'hommes, sortait
« un esprit national que la sagesse des
« magistrats eût dirigée : on eût mis a
« profit l'élan de ces masses ; les dépar-
« temens eussent fait chorus ; et les étran-
« gers intimidés, eussent, ou donné la
« paix à ma patrie, ou lui auraient accordé
« des conditions honorables. Je consens
« à rester dix ans en enfer, si quelqu'un
« en France déteste Buonaparte plus que

« moi. Je consens à me voir précipité des
« tours de Notre-Dame, si quelqu'un peut
« me prouver qu'il aime Louis XVIII et
« la France, plus que moi. Que serait-ce
« donc, grand Dieu! si la France entière,
« noblement groupée au tour du roi,
« imposait aux vainqueurs du lâche dé-
« serteur de Waterloo, l'obligation de
« respecter les sujets d'un monarque lé-
« gitime. Il n'est plus l'usurpateur, tout
« rentre dans le devoir; et nos prétendus
« alliés font entrer chaque jour de nou-
« velles troupes en France. Que veulent-
« ils? Ah! j'aime à croire que, trompés
« sur nos véritables sentimens, ils pensent
« que leur nombre est nécessaire à l'af-
« fermissement du monarque français. Si
« ce n'est cela, le prince et les sujets n'ont
« plus qu'à pleurer! »

L'auteur de cet écrit, comme on le
voit, est une tête ardente qu'égarent
peut-être l'amour du roi et de la patrie.
Ce qu'il dit de la garde nationale, est d'une

injustice révoltante. *La garde nationale a tué l'esprit national.* Sans doute que l'auteur a pris pour esprit national, les instigations de la malveillance, les cris séditieux d'une populace désœuvrée, que pouvait encourager l'espoir de quelque butin arraché dans le tumulte d'une émeute; sans doute, il a pris pour esprit national, les rassemblemens particuliers où l'orateur affamé portait une chaleur factice et sans but honorable. Il a classé de même ces insultes gratuites faites à divers détachemens des alliés, qui pouvaient chèrement les faire payer à des citoyens innocens. Non, la garde nationale n'a point comprimé l'élan de la nation : elle a soustrait Paris à des scènes malheureuses, dont l'exemple eût rendu les départemens un peu plus malheureux. Elle a réprimé l'intrigue coupable, la sédition et le pillage ; elle a soustrait aux vengeances particulières des individus de l'un et l'autre parti ; elle a conduit sans distinction dans ses corps-de-garde, et l'indiscret ami du roi, qui maltraitait un citoyen pour un œillet rouge, et celui-là qui cherchait le trouble en le portant avec affectation et dessein. Quant aux autres sentimens de l'auteur, je n'ose les blâmer entièrement, mais je ne saurais les approuver dans leur entier.

Cette légère digression, je le répète, ne saurait regarder les auteurs du Dictionnaire. Elle leur est totalement étrangère, et si elle se trouve dans cet ouvrage, c'est qu'il est toujours utile de prévenir les esprits faciles, contre les principes dangereux et erronés de certains écrivains qu'une chaleur inconséquente ou d'autres motifs peuvent entraîner au - delà des bornes prescrites.

Ce qui donne certaine valeur au Dictionnaire des Girouettes, c'est le style enjoué de quelques-uns de ses articles. Il me semble que les rédacteurs veulent ramasser les miettes de feu le bon abbé

Geoffroy, de déchirante mémoire ; mais en se relevant de dessous la table, ils se cassent presque toujours le front ; c'est sûrement pourquoi leur style enjoué est si peu joyeux.

L'article qui concerne M. Anisson-Duperron est un petit essai du style gaillard de ces messieurs. Comme leur prétendue gaîté s'est échouée contre la probité du sujet, j'abandonnerai leur méthode, pour narrer simplement les faits.

La première idée et l'établissement d'une imprimerie uniquement réservée aux actes du gouvernement, sont dus, comme on le sait, à l'aïeul de M. Anisson-Duperron. Celui-ci, sans doute, peut s'honorer d'être le petit-fils du fondateur d'une imprimerie, dont les autres nations n'ont pas de modèle. Bientôt ce fut pour lui un motif d'encouragement à la culture des diverses connaissances qu'exige tout ce qui a rapport à ce vaste établissement. Bientôt l'immensité de son savoir put être

appliqué à autre chose. Auditeur d'état
de première classe, il fut nommé ins-
pecteur de l'imprimerie impériale. Louis
XVIII rentre en France, et dans l'organisation de l'imprimerie royale, Sa
Majesté, frappée des connaissances de
M. Anisson-Duperron, l'en nomme directeur. La place offerte par le roi est
acceptée, et voilà M. Anisson au rang
des Girouettes. C'était ma foi bien la peine
que le prince se connût en hommes de
mérite, et que le sujet promu fût de ce
nombre. Peut-être le monarque eût-il
mieux fait de nommer à la direction de
l'imprimerie royale, un fondeur en caractère ou le fabricant du papier qui s'y
emploie. Voilà ce que c'est de ne pas
consulter tout le monde et son père.

Dans un siècle comme le nôtre, où
les notions religieuses sont mises de côté,
où l'humilité des ministres de la parole
de Dieu est si rare ; dans un siècle où
l'éloquence de la chaire est si infestée

de l'opinion politique de l'orateur, tout
ce qu'il y a de gens de bien en France,
tout ce qu'il y a d'hommes sages et religieux, ont regardé M. de Boulogne,
évêque de Troyes, comme un orateur
dont la morale, les principes et l'éloquence, étaient au-dessus de tous éloges.
Par quelle fatalité, cet illustre prélat se
trouve-t-il affublé d'une épithète qui,
sous tous les rapports, est l'antipode de
son caractère civil et religieux.

Il est des bornes que l'inconséquence
ou la méchanceté ne devraient point dé-
passer. Les collaborateurs du Dictionnaire
des Girouettes ont méconnu cette vérité.
Le ministre d'un Dieu de paix, tonnant
chaque jour au milieu des grands de la
terre, pour les rappeler à tous les sentimens de l'humanité et de la religion,
n'en a point imposé à de faibles compilateurs. Ils ont osé vouloir salir l'orateur
que la cour et la ville admiraient dans le
silence de la componction et du repentir.

Quel intérêt, quels motifs ont dicté à ces auteurs un article que tout lecteur devait, à - coup - sûr, désavouer ? Des ennemis particuliers de chaque individu attaqué dans ce livre, l'ont - ils rédigé ? ou voulaient-ils, ces écrivains, que l'on disent d'eux : « Leur plume n'a rien respecté ; et le trône et l'autel, et le prince et le prélat, ont été l'objet de leurs froids sarcasmes? »

Etienne-Antoine de Boulogne reçut le jour dans le département de Vaucluse. Le cours de ses études fut une série de succès dans tous les genres. Destiné à entrer dans les ordres, l'éloquence de la chaire fit ses plus chères délices. Les ouvrages immortels de nos plus grands orateurs chrétiens devinrent le sujet de ses méditations journalières. Bourdaloue, Masillon, Bossuet, Fénélon, devinrent les sources précieuses où sans cesse il puisait la beauté de l'expression, la richesse et l'harmonie des tours, la suavité, la profondeur et la justesse des raisonnemens. Néanmoins, au milieu de ces brillans modèles, il voulut être un modèle à part ; le tems et les lieux, les mœurs et les évènemens lui en firent une loi.

Lorsque l'évêque de Meaux et son auguste rival faisaient retentir la chaire de leur brûlante éloquence, leur tâche était circonscrite : c'étaient les vices particuliers d'un prince et ceux de ses courtisans que voulaient réprimer leurs doctes leçons. Les grands évènemens d'une révolution sans exemple, ne venaient point d'eux-mêmes se placer dans leurs discours. Le sujet était fidèle à son prince , et le monarque était légitime. L'orateur chrétien n'était point contraint alors de fulminer contre les séditions populaires et l'esprit de révolte. Ses phrases ne devaient point être péniblement et sagement construites pour ne point révolter un usurpateur, des vérités hardies de l'évangile. Cette différence entre les époques où figurèrent Bourdaloue

et Massillon , fut vivement sentie par
M. de Boulogne. Les difficultés ne l'arrê-
tèrent point. Il se fit un genre à part,
mais dont le véritable germe se trouvait
dans les grands modèles.

Son premier début, moins gêné que
ses autres discours , parce qu'alors la
France était paisible sous ses rois légitimes; son premier début, dis-je, fit prévoir ce qu'il serait un jour comme orateur.
Le sermon qui avait pour objet l'éloge de
Saint-Louis , et qu'il prononça en présence de l'Académie française , fut le berceau de sa réputation. On ne saurait trop
faire l'éloge de ce sermon qui enleva tous
les suffrages. La noble simplicité du style,
la justesse des applications, et la suavité
religieuse des images en feront toujours un
morceau précieux pour l'homme destiné à
l'éloquence de la chaire.

Un éclésiastique aussi recommandable
que M. de Boulogne, ne pouvait longtems
être ignoré. Madame, mère de l'empe-

reur, le lui présenta comme un sujet du
premier mérite. C'est ainsi que la mère
de Néron présentait à son fils et Sénèque
et Burrhus. Comme il importait aux vues
secrettes de Napoléon de s'attacher tout ce
que la religion avait de plus respectable ,
il accueillit honorablement M. de Boulogne.

Nommé en 1807, au secrétariat du
chapitre général des sœurs de la Charité ,
présidé par la mère de l'empereur, il fut
chargé de faire le discours d'ouverture.
Les auteurs du Dictionnaire ont saisi avi-
dement un extrait de ce discours, pour en
classer l'auteur au rang des hommes sans
caractère. Cette injuste décision ne pouvait
émaner que d'un groupe de Girouettes ,
qui, sans considérer les lieux et les circonstances, se hâtent de prononcer d'après
leur légèreté naturelle.

Napoléon Buonaparte , habile à jouer
les hommes et les choses les plus sacrées ,
voulut ajouter , par un décret , une garan-

tie de plus à l'établissement des filles de la Charité. De nouvelles prérogatives et de plus gros revenus leur furent affectés. Un chapitre général fut assemblé pour prendre communication des volontés du prince : sa mère le présidait.

Quel que fut Buonaparte, il n'en était pas moins l'auteur des nouveaux bienfaits versés sur la communauté. Les sœurs devaient naturellement en être reconnaissante, et tout autre sentiment à cet égard ne leur eût point fait honneur. Etait-il humainement possible que l'abbé de Boulogne, chargé du discours d'ouverture de cette assemblée, ne fit point entrer l'éloge du prince qui la convoquait, pour l'instruire qu'il s'intéressait au bonheur et à la prospérité de la congrégation? L'homme de bien chérit plus une bonne action dans quiconque en fait rarement, qu'une action vertueuse dans celui qui s'en est fait une habitude. Le premier lui donne alors l'espoir de rentrer dans la bonne voie ; tandis que le second n'en a jamais dévié.

L'abbé de Boulogne, nommé à l'archevêché de Troyes, et sacré dans la chapelle des Tuileries, le 2 février 1809, conçut le projet de ramener à des sentimens pacifiques un guerrier dévoré d'ambition. Dèslors, tous les sermons qu'il prononçait en sa présence n'eurent d'autre but ; les uns et les autres pétillent de beautés neuves et hardies, adroitement exprimées pour ne point irriter un despote, ennemi de la vérité. Dans la foule des hardiesses de l'éloquence de M. l'évêque de Troyes, je me contenterai de citer les suivantes.

« L'épée du conquérant, quel qu'il soit, ne lui ouvrira jamais la porte des cieux. »

« L'incendie qu'il aura soufflé sur les peuples le consumera dans l'éternité. »

« Le chaume enflammé des villages qu'il aura détruits, deviendra le lit de douleurs sur lequel l'étendront les ministres des vengeances célestes. »

« Tout, à sa dernière heure, lui man-
quera, et la terre, et le ciel. »

« Un roi, pour assurer ses droits et
le bonheur de ses peuples, est souvent
condamné au malhenr de prendre les
armes ; mais sitôt qu'il a reconquis les
uns et rétabli la tranquillité des autres,
qu'il soit, quoique vainqueur, le premier
à proposer la paix, la douce paix. »

Ces citations suffiront, je crois, pour
donner une idée du style et du caractère
de M. l'évêque de Troyes. Le lecteur
admirera sans doute la hardiesse de pareilles images, et le danger de les offrir
dans une cour telle que celle de Buonaparte. On me dira peut-être, qu'avec des
phrases pareilles à la dernière que j'ai
citée, l'habile orateur voulait insinuer à
Buonaparte qu'il était le monarque com-
damné à combattre pour ses droits et ceux
de ses peuples. C'est gratuitement supposer
à l'abbé de Boulogne des sentimens que
dément Napoléon, guerrier le plus émi-

nemment conquérant qui ait jamais existé.
Etait-il possible de douter un moment
que ce n'était point à lui que s'adressaient
directement les menaces évangéliques?
Quelle habileté, au contraire, dans la
logique de l'orateur! C'est un savant
médecin, qui, pour faire prendre à son
malade une potion amère à laquelle il répugne, frotte d'un peu de miel les bords
du vase qui la contient.

L'évêque de Troyes fut nommé, en
1811, secrétaire du concile national qui
fut convoqué à Paris. On sait avec
quelle fermeté il se prononça pour les
bons principes; il y plaida la cause de la
religion, celle des disciplines de l'Eglise,
et les intérêts du souverain pontife, avec
une chaleur qui le perdit sans retour dans
l'esprit du despote.

Depuis longtems, M. de Boulogne ne
voyait plus en la personne de Napoléon
Buonaparte qu'un ambitieux sans remords,
fléau de l'univers qu'il voulait ravager.

Quoique le ciel commande à ses ministres de ne point abandonner le pécheur au bord de l'abîme, le prélat craignant d'être mis au nombre des complices d'un homme que la religion ne pouvait réprimer, résolut de quitter la cour et de se démettre de son évêché. Un sacrifice de cette nature devait lui coûter, sans doute, mais il l'offrit à Dieu en expiation des forfaits de l'ambitieux qu'il n'avait pu convertir.

Néanmoins, le sacrifice volontaire qu'il avait fait de son avancement et de son évêché, ne demeura pas longtems sans récompense. Dieu permit le retour de Louis XVIII dans l'héritage de ses pères. Le monarque s'empressa de réintégrer sur son siège le savant prélat qui s'en était démis. Rappelé dans une cour purifiée par la présence d'un monarque religieux, l'orateur chrétien mit alors dans tout son jour son éloquence et sa solide piété.

L'oraison funèbre de Louis XVI, roi de France et de Navarre, qu'il prononça dans l'église de Saint - Denis , le 21 janvier 1815, est un morceau plein de beautés et d'onction, doux, simple et sublime ; une teinte sombre, mélancolique et religieuse, que l'auteur a répandu sur l'ensemble, lui donne encore un mérite au-dessus de toutes éloges.

Voilà quel fût, voilà quel est le prélat, l'orateur chrétien que l'on signale aux fidèles comme un homme sans caractère, comme une Girouette.

Si j'en crois mon cœur, quiconque écrit, éprouve un bien doux plaisir à justifier des hommes injustement accusés. Avec quelle joie, quelle avidité sa plume saisit la force d'un fait ou d'un raisonnement que la vérité lui apporte en faveur de l'innocence. Je ne crois pas que les auteurs-Girouettes aient goûté beaucoup de ces plaisirs-là dans la compilation de leur volume. Cette différence dans la façon de penser des divers écrivains, tient peut-être à la nature de l'individu. Les uns répugnent à trouver des coupables là où ne sont que de légères erreurs ; les autres aiment à trouver un crime où même il est de bonnes intentions. Les premiers cherchent à justifier les erreurs et les faiblesses humaines ; les seconds se plaisent à prêter à l'homme des erreurs dont il n'eût jamais l'idée.

Les écrivains-Girouettes font sans doute partie de cette dernière classe. Je doute si c'est la meilleure ; mais, de bonne foi, je préfère la première. Des goûts et des couleurs, n'en disputons pas.

L'épithète de *Girouette* serait sans conséquence en d'autres tems et sous d'autres raports ; mais, aujourd'hui, l'inconséquence du mot et son application à l'individu, est un crime que grossissent les circonstances et l'état malheureux où se trouve la patrie. Le but de la dénomination est d'entacher les individus attaqués de manquer de caractère et de fermeté ; son but est d'insinuer que quiconque a possédé des emplois sous Buonaparte, ne devait point en accepter sous le roi de France ; c'était, comme on voit, vouloir priver le nouveau monarque d'une foule d'excellens sujets dont les services lui seront toujours utiles. Ses plus ardens ennemis ne conseilleraient pas mieux. Si ce signal, donné sur ce grand nombre de Français, influençait le monarque, ses conseils, ses ministres, les promotions à venir, combien de talens à écarter du trône ? combien de radiations à faire dans le ministère, dans les conseils, dans les armées, et généralement dans toutes les classes de la société ? Quelle perte réelle ! quelle foule de mécontens ! Ce serait une nouvelle révolution seulement différée.

Celui-là qui vogue vers l'île de Sainte-Hélène, devrait une pension aux auteurs du Dictionnaire des Girouettes, si toutefois ils avaient prévu les conséquences de leur livre, et s'ils l'avaient mieux conçu. Ces réflexions, sans doute, ne leur plairont pas. Ils n'aimeront point entendre dire que, sous prétexte de motiver une épithète frivole, ils n'ont eu d'autre but que de réveiller des souvenirs et de signaler au refus des hommes qui nomment aux emplois des Français capables de les remplir honorablement.

C'est dans cette croyance sur le but des auteurs, que, datant les erreurs et les délits du mois d'avril 1814, je continuerai à justifier une partie des hommes inculpés dans le Dictionnaire : bien entendu que je n'attacherai pas au mot *Girouette* la légèreté des auteurs qui en ont pris le nom, mais bien les résultats qui peuvent dériver de son application.

Si les cendres des anciens parlemens pouvoient être sensibles à une injure, elles se remueraient au bruit de l'illustre nom de d'Aguesseau, faiblement insulté par les Girouettes. Ce nom fameux, l'honneur de la jurisprudence française, fit encore la gloire des parlemens. Les élèves jurisconsultes, dans les auteurs qu'ils étudient, s'attachent encore de préférence aux opinions des hommes qui ont porté ce nom : ce sont des pilotes sûrs; c'est une boussole éprouvée, à l'aide de laquelle ils ne redoutent pas de s'égarer. Les cours souveraines sont-elles incertaines sur quelques expressions des Codes? craignent-elles de compromettre leur conscience dans une cause épineuse et difficile à résoudre? sur-le-champ, elles consultent les décisions et les arrêts rendus par les d'Aguesseau. De ces faisceaux de lumières éternelles jaillissent la clarté et la justice. Plus d'incertitude, le juge prononce sans crainte, et quiconque avait droit ne sort point du tribunal sans l'avoir obtenu.

Les siècles n'effaceront jamais le nom de d'Aguesseau d'entre ceux des magistrats les plus célèbres et les plus éclairés; il n'appartenait qu'au nôtre de voir le souffle de l'ignorance essayer de le ternir.

10

Henri-Cardin-Jean-Baptiste d'Aguesseau,
de l'illustre famille que revère la jurisprudence française, est accusé et convaincu de girouettisme. Veux-t-on sayoir
maintenant pourquoi? voici ses torts et le
sujet.

M. d'Aguesseau, riche d'une foule de
connaissances, patrimoine de sa famille,
avait des droits incontestables à prendre
place parmi les membres du premier corps
savant de l'Europe; il fut donc reçu dans
la seconde classe de l'Institut. Nommé
membre du Sénat-Conservateur, en l'an
13, il fit preuve, dans ce poste, de toute
la probité que ses aïeux lui avaient trans-
mise. Là, le véritable honnête homme
n'opérait pas toujours le bien qu'il voulait
faire à son pays. La vertu, l'intégrité,
comprimées dans leurs élans, par les
hommes achetés aux volontés d'un tyran,
étaient souvent obligées de gémir en silence, satisfaites quelquefois d'avoir amé-
liorés de funestes décrets.

Ce n'était point un d'Aguesseau dont les nobles aïeux furent de tout tems les plus zélés défenseurs du trône de nos rois et des intérêts de leur couronne ; ce n'était point, dis-je, un pareil homme qui pouvait voir d'un œil indifférent les malheurs qu'une main de fer faisait peser sur l'héritage des Bourbons. Patrie, ancêtres et l'héritier des monarques qui les avaient honorés, tout était là pour lui inspirer la haine de l'usurpateur qui avait remplacé les protecteurs de son antique famille.

Combien de fois, à la suite des fatales décisions du corps où il siégeait, épancha-t-il, dans l'intimité de ses proches, les sentimens douloureux dont il était vivement affecté ? Si jamais, disait-il, je revois sur le trône de Henri IV les héritiers de ce bon roi, je mourrai alors sans regrets et le plus heureux des hommes. Les intimes qui l'approchaient à ces époques, ont plus d'une fois surpris ces souhaits dans sa bouche. Souvent même dans la chaleur de l'expansion et sans crainte de l'auditoire, il manifesta ces sentimens nobles, il est vrai, mais dangereux dans leur éclat.

Buonaparte, dont les mouches perçaient dans toutes les familles, l'instruisirent souvent des vœux secrets de M. d'Aguesseau; aussi ce fût-il par miracle ou par des raisons de haute politique, qu'il ne le persécuta pas dans le seul emploi dont il fut revêtu. Le retour de l'héritier légitime du trône vint combler les vœux de ce fidel sujet. « On ne meurt pas de joie, disait-il à ses amis; celle que j'éprouve à l'arrivée du roi, en est la preuve. »

Le monarque, satisfait de retrouver au milieu de ses enfans, un noble rejeton de l'illustre chancelier, crut devoir payer un tribut aux services que ce magistrat célèbre rendit à ses ancêtres : en conséquence, le 4 juin 1814, il nomma M. Henri-Cardin-Jean-Baptiste d'Aguesseau , commandant de la Légion-d'honneur et pair de France.

Le Dictionnaire, en citant des faits , que sottement il croit à la charge des individus, ne devait-il pas, en conscience, mettre à côté les faits qui pouvaient innocenter les accusés ou leur faire honneur? Cette justice distributive, il est vrai, n'entrait point dans son plan. Elle eût exigé des connaissances*, de la sagacité , une critique sage, éclairée , une impartialité sans borne ; du travail , et sur-tout un tact fin et délicat; toutes choses , comme on le voit, au-dessus des forces d'un groupe de compilateurs. Si l'impuissance de faire le bien était une excuse pour ceux qui tentent de faire le mal , les auteurs du Dictionnaire pourraient fort bien se justifier ; malheureusement pour eux , un philosophe indien a sagement dit : « Si tu n'es certain de bien faire , dors, ou deviens coupable ». Il est à présumer que les Girouettes ont préféré

ce dernier parti. Le petit article qui concerne M. Albert, viendra suffisamment à
l'appui de cette pénible assertion.

M. le baron Albert, lieutenant-général,
commandant de la Légion-d'honneur et
chevalier de Saint - Louis, servit avec
honneur et distinction sous l'ancien règne. La patrie qu'il voulait servir, ne
l'attachait pas indissolublement au mauvais prince qui l'opprimait. Lui était-il
permis de desirer un nouvel ordre de
choses, qui, en écartant le principe du
mal, mît un terme aux malheurs de la
France? Est-il coupable d'avoir volé à la
rencontre de l'héritier légitime du trône,
d'en avoir embrassé les intérêts avec une
chaleur qui, seule, milite contre l'accusation frivole et déplacée portée par les
Girouettes contre son manque de caractère? Cette conduite noble et loyale d'un
officier qui, éclairé sur les intérêts de sa
patrie, quitte tout-à-coup le bourbier de
l'erreur pour prendre la bonne route, est

pourtant le seul titre du baron Albert à l'insertion au fameux Dictionnaire. Il est vrai que le roi récompensa son noble dé-vouement, en le nommant commandant de la ville de Lyon, sous les ordres de M. le comte Roger de Damas, gouver-neur. C'est bien là ce qui tient au cœur des Girouettes. Mais si elles nous ont appris qu'il fut lieutenant-général sous Napoléon , n'eussent-elles pas dû faire mention de la conduite honorable qu'il tint à Lyon , lorsque , dévoué au service du roi, il fut nommé commandant de cette place, elles s'en sont bien donné de garde. C'eût été prouver que M. Albert, une fois dans les sentiers de l'honneur, ne savait point en dévier. Là , il n'y aurait point eu de Girouettes, et adieu l'article sur cet officier.

Cependant, nous ne pensons pas tout-à-fait comme la société des Girouettes, nous qui sur-tout aimons à rendre justice à l'honnête homme qui est en droit de la réclamer, nous voulons bien réparer l'injuste omission du Dictionnaire.

Peu de personnes éprouvèrent une douleur plus vive que monsieur Albert, lorsqu'au mois de mars dernier, il vit la seconde capitale du royaume, privée totalement des moyens de résister aux entreprises du proscrit débarqué à Cannes. Tout ce qu'un habile homme peut déployer de ressources dans les momens difficiles, il les mit en œuvre. Vaines tentative ; l'intrigue et la mauvaise foi avaient écartés tous les moyens de défense. La défection générale des troupes le navra de douleur, et lorsqu'il fallut abandonner son poste, il versa des larmes qui font autant d'honneur à sa fidélité qu'à son courage trahi par la force des évènemens.

Le sacrifice des affections de notre jeunesse, est peut-être un de ceux qui nous coûte le plus à faire. L'intérêt de la patrie et l'amour que tout homme bien né doit avoir pour elle, peuvent bien n'être point

sentie par tout le monde , tandis que beaucoup d'hommes tiennent constamment à
des amitiés de collége. M. Bourienne ,
camarade d'études avec Napoléon , et ensuite son secrétaire intime , et pour lui
conseiller d'état , chargé d'affaires à Hambourg , pouvait , sans choquer les intérêts
de qui que ce soit en Europe , s'attacher
à la fortune d'un ami de son premier âge ;
d'un ami jeune encore et déja célèbre ,
dont la fortune et le génie , coalisés avec la
stupeur des nations , avaient consolidé son
usurpation du plus haut trône de l'univers.
Je démentirais hardiment l'imposteur qui
me dirait : « Peu m'aurais importé d'a-
voir été le camarade de collége de Napoléon Buonaparte , d'être à-peu-près de
son âge et son ami, j'aurais fui l'ambitieux
guerrier ; j'aurais dédaigné ses bienfaits et
ses dignités. » Une pareille philosophie ,
un tel désintéressement, sont impossible ;
j'en appelle à la structure du cœur humain, à sa faiblesse , à ses desirs. M. de

Bourienne, séduit naturellement par les liaisons de sa jeunesse, ébloui des triomphes et de la fortune de l'écolier extraordinaire, dont, plus jeune, il avait partagé les études ne fit point de difficulté de se rapprocher de lui et d'en accepter des emplois. Il ne trahissait point le roi de France; ce malheureux pays n'en avait plus depuis longtems. Un peuple étourdi des chocs révolutionnaires, venait d'abandonner ses destinées aux mains d'un homme qui, tout-à-coup, se nomma son maître. La mission de M. Bourienne à Hambourg était difficile et délicate; le blocus continental avait anéanti le commerce des Hambourgeois, la classe malheureuse était au désespoir. La contrebande et le cabotage étaient leurs seules ressources. Buonaparte avait sévèrement enjoint à son chargé d'affaires de surveiller ces deux parties. Comment servir à-la-fois et le despote et les victimes? Comment remplir les intentions d'un homme que

n'attendrirent jamais les malheurs de ses
semblables, et consoler en même tems ces
infortunés ; cette tâche était au-dessus de
bien des hommes, M. Bourienne en vint
à bout. Attendri sur les infortunes de tout
un peuple, il ne vit plus dans les décrets
impériaux que des actes inouis et vexa-
toires. S'il ne permit pas alors aux Hambourgeois de commercer librement avec
l'étranger, il ferma si souvent les yeux
aux contraventions du blocus continental,
que les infortunés habitans furent bientôt
en état de tolérer leur misère. Un jour
le sieur Gailly, brigadier préposé aux
douanes, captura à la tête de sa brigade
une barque de pêcheur chargée de marchandises prohibées ; c'était toute la fortune d'un sieur Heddley, père de cinq
enfans en bas âge. Cette perte le mettait
sur le pavé avec sa nombreuse famille.
Son épouse, au désespoir, fut se jeter
aux pieds de M. Bourienne. Touché de
l'état déplorable de cette mère de famille,

le chargé d'affaires lui promit de s'intéres-
ser à son malheur et de lui faire restituer ,
sinon le tout , mais une partie de ce qui
lui avait été pris. L'entreprise était épineuse. Les douaniers, hommes durs,
toujours plus que vendus à qui les paye ,
avaient déja constaté leur capture et dressé
leur procès-verbal. Faire lâcher prise à
de pareils gens , c'est leur arracher les
entrailles ; c'est provoquer leur haine et
souvent même leur dénonciation. Quoique l'autorité et les pouvoirs de M. Bourienne fussent bien au-dessus de pareils
gens , il connaissait le danger de se les
mettre à dos. Cependant, il avait promis à
madame Heddley secours et protection,
il voulait lui tenir parole. Incertain sur
la manière de s'y prendre, il apprit que le
sieur Heddley , à qui appartenaient la
barque et la cargaison , ne s'était point
laissé capturer. Il lui fit dire , par son
épouse , de venir secrètement le trouver.
Heddley n'eût garde d'y manquer. Le
ministre lui remit l'écrit suivant :

« Nous, chargé d'affaires à Hambourg, pour sa majesté l'Empereur des Français et Roi, ayant besoin de savoir qui sont les voiles qui sont en vue de la rade, ordonnons au sieur Heddley de sortir secrètement avec sa barque et de nuit, de s'en approcher le plus près qu'il pourra, et si ce sont des navires marchands, de commercer avec eux si faire se peut. Lui ordonnons, en outre, et pour le plus grand secret de pareilles opérations, si nécessaires elles deviennent, de n'exhiber ledit permis qu'en cas d'extrême nécessité, n'importe qui pourrait l'en requérir. Fait et donné à Hambourg, etc. »

Après avoir muni le sieur Heddley de cette pièce importante, le chargé d'affaires manda le directeur-général des Douanes. Après l'avoir félicité sur le zèle et l'exactitude de ses préposés, il lui dit que si le sieur Heddley avait enfreint les décrets impériaux relatif au blocus continental, c'était par ses ordres et pour le bien du service de Sa Majesté. Alors, il lui fit exhiber, par le sieur Heddley, le permis secret en vertu duquel il avait commercé avec l'étranger. Le directeur, satisfait des renseignemens que voulait bien lui donner l'envoyé du prince, et sur-tout la manière affable avec laquelle on le traitait, fit, sur-le-champ et sans autres explications, remettre au sieur Heddley le navire qui lui avait été enlevé. Cette action, qui fait beaucoup d'honneur à M. Bourienne, prouve qu'il n'approuvait point le despotisme du prince qu'il servait. Au contraire, il n'est pas de services que les malheureux habitans de Hambourg n'en aient reçu ; enfin, il prit leur défense avec tant de chaleur, que bientôt les yeux du despote furent ouverts sur son compte. « Je ne puis concevoir, disait ce dernier au prince de Wagram, que Bourienne néglige ainsi mes intérêts pour ne penser qu'à ceux des Hambourgeois. Depuis longtems, il me déplaît ;

s'il ne déploie, à l'avenir, plus de chaleur et de fermeté, je serai contraint de lui en prouver mon mécontentement. » En effet, depuis cette époque, il fut entièrement perdu dans l'esprit de Buonaparte.

M. Bourienne, en position de connaître la foule des maux que son ancien ami d'étude amoncelait sur la France qu'il avait usurpée, desirait vivement un nouvel ordre de choses. Une foule de personnes connaissait ses sentimens à cet égard. Les honnêtes gens virent alors dans M. Bourienne un homme d'honneur, préférant les intérêts de son pays aux illusions d'une coupable amitié.

L'opinion générale que l'on avait de sa probité et de son patriotisme, décida le gouvernement provisoire, au mois d'avril 1814, à confier à M. Bourienne la direction générale des postes, en l'absence de M. de la Valette. Louis XVIII, toujours appréciateur du véritable mérite, nomma le nouveau directenr au conseil d'état, et

ensuite son chargé d'affaire à Hambourg.
La funeste apparition de Buonaparte en
France, exigeait à la tête de la police de
la capitale un homme de tête, sur les connaissances et la fidélité duquel on puisse
compter. Le roi de France ne vit personne
plus en état de remplir ce poste important
que M. Bourienne. En conséquence, il
le nomma préfet de police le 14 mars
1815. Je demande aux Girouettes, si,
depuis cette époque, M. Bourienne a
acquis quelques nouveaux titres à leur
Dictionnaire ?

Son altesse le prince Primat de la Confédération du Rhin, disait ordinairement
en parlant de M. le comte d'Hédouville,
ministre plénipotentiaire de France près sa
cour : « Cet homme-là ferait honneur à
toutes les nations ; l'art du négociateur se
réduirait à la plus stricte probité, si tous
les ambassadeurs lui ressemblaient. » Le
même prince écrivait encore au roi de
Bavière : « Votre majesté peut s'en rap-

porter aux bonnes intentions de M. le comte d'Hédouville ; c'est un homme loyal, incorruptible, et sur-tout incapable de biaiser : il m'a donné sa parole de lever toutes difficultés auprès de son souverain. Vu les circonstances, je ne croirais pas à ses promesses dans la bouche de tout autre de sa nation ; mais, quant à lui, je suis parfaitement tranquille et certain du succès ou au moins d'une franche tentative. » Quand un souverain s'exprime ainsi sur le compte d'un homme, on peut volontiers croire que ce dernier est un sujet de mérite et d'un caractère soutenu. Si les auteurs du Dictionnaire en ont jugé autrement, c'est qu'ils avaient des raisons secrettes ; attendons qu'ils veuillent bien nous en informer : le public a seulement remarqué que le premier chef d'accusation de girouettisme imputé à M. le comte d'Hédouville, c'est d'avoir souffert que le roi de France le nommat, au 4 juin 1814, pair de France, et ensuite , le 27 du même mois, chevalier de l'ordre royal et militaire de Saint-Louis. Voilà bien, je crois, le seul délit porté dans l'article contre M. d'Hédouville ; c'est en vérité être coupable pour de bien belles choses.

Notre malheureuse révolution peut aisément se définir par une image ; ce fut un véritable volcan dont les flammes ont dévoré presque tous les individus placés sur le cratère. Parmi les personnes qui souffrirent de la lave volcanique, on distinguera toujours honorablement M. le comte Barthélemy. Tout le monde connaît la pureté de ses principes ; sa conduite, dans les momens les plus épineux de notre révolution, lui a concilié l'estime et les suffrages de tous les honnêtes gens. Les Suisses n'oublieront jamais le séjour qu'il fit chez eux comme ambassadeur de la Convention nationale. Les conjonctures étaient cependant extrêmement difficiles ; il fallait alors rendre respectable aux yeux de l'étranger un gouvernement formé de partis qui, tour-à-tour, s'entre-déchiraient; il fallait revêtir de brillantes couleurs des projets qu'il condamnait intérieurement; il fallait ne point heurter de front des principes qu'il voulait mitiger. Sa tâche n'était point facile; néanmoins l'habileté du négociateur réussit à ménager les intérêts de son pays et ceux du peuple chez lequel il était envoyé. Plus M. le comte Barthélemy s'avança dans l'arène de notre révolution, plus il se fit des idées nettes des hommes et des choses; ses grandes connaissances et la pureté de son cœur le prémunirent bientôt contre les fureurs des démagogues dont les principes furent totalement opposés à ceux qu'il professait. Porté par la partie saine au Directoire, sa conduite et sa modération lui firent des ennemis de tous les factieux du jour. Les auteurs de la fameuse journée du 18 fructidor an 5, l'avaient signalé comme un homme incorruptible dont il fallait à tout prix se défaire. Le crime, la haine et l'ambition l'emportèrent sur la sagesse et la modéra-tion. Le comte Barthélemy fut une des victimes qui furent envoyées dans les ma-récages de la Guyanne française. L'exil, les plus douloureuses privations, la perte de sa fortune, des persécutions de toute espèces et une longue maladie devaient priver la France d'un de ses plus précieux sujets. Néanmoins, le ciel qui n'aban-donne point éternellement l'innocence, permit que le comte Barthélemy trompa la rage des hommes et l'influence des cli-mats; enfin, il revit le sol natal. Tant de mérite, acheté par tant de douleurs, ne pouvait rester longtems ignoré. En l'an 8, il fut nommé membre du Sénat-Conser-vateur; toujours le même dans ses prin-cipes, il signala les projets de l'ambition et de la démence. Mais la voix d'un homme de bien pouvait-elle se faire en-tendre au milieu des éclats de la foudre et des autans déchaînés? Louis XVIII,

au sein de sa retraite, n'avait point perdu
de vue les hommes estimables que la
France recélait encore. Le comte Barthélemy ne pouvait qu'être au nombre de
ceux que le roi distinguerait plus particu-
lièrement; aussi, le 4 juin 1814, fût-il
nommé pair de France, vice-président de
la chambre des pairs; et grand officier de
la Légion-d'honneur, le 8 janvier 1815.
Ce choix du monarque, les emplois et les
dignités qu'il vient de cumuler sur la tête
du comte Barthélemy, auraient dû, je
pense, soustraire son nom aux petites
inculpations de la société des Girouettes;
mais une mouche dépose aussi bien sa crasse
sur un rubis que sur une pierre brute.

Plus je m'enfonce dans la censure du
Dictionnaire, plus je crains d'être injuste envers ceux qui l'ont charpenté; en
effet, et tout considéré, je pourrais bien
être coupable en improuvant aussi clairement cet ouvrage? ce serait, dans tous
les cas, une erreur de ma part et non pas

un desir de mal-faire. C'est un livre bien
précieux que celui-là où le lecteur trouve
des jugemens détaillés sur toutes les classes
qui constituent un des premiers peuples
du monde. Quel plaisir n'éprouve-t-on
pas de quitter l'arrêt porté sur un prince
pour s'asseoir tout de suite au pétrin d'un
boulanger, de quitter la carte d'un champ
de bataille où un tel général s'est couvert
de gloire, pour aller juger du caractère
d'un marchand de musique par les différens genres de compositions qu'il tient
dans son magasin.

Les personnes qui ont, ou la patience,
ou intérêt de lire le Dictionnaire des Girouettes, éprouvent sans doute une bien
douce satisfaction de sauter du palais d'un
prince royal de Suède dans l'attelier d'un
modeste statuaire; de quitter ensuite les
conférences du pieux abbé Frayssinous
pour aller avec *trois damnés de chanson-
niers au petit Voyage du Vaudeville*,
où le spectateur, tout stupéfait, peut

admirer à son aise un pâtissier qui lui déroule cette sublime inscription : « Je pâtissais, tu pâtissais, il pâtissait, etc. »

On peut croire, à cette esquise, que ma conscience peut bien être allarmée de ma censure. Je pourrais, en effet, avoir tort de ne point approuver des auteurs qui, s'ils n'ont pas le génie de La Fontaine, en professent la maxime : *Diversité, c'est ma devise.* Quoiqu'il en soit, si je suis coupable, le sieur Beauvarlet-Charpentier l'est aussi dans un autre genre, et les auteurs lui ont prouvé, sans réplique, qu'il était une Grouette, mais une Girouette s'il en fût.

Monsieur Beauvarlet est un marchand, éditeur, compositeur de musique, boulevard Poissonnière, n°. 27. Voilà son nom, sa profession, sa demeure et son numéro ; maintenant voici son crime, crime enfin qui le désigne comme un homme versatile et sans caractère.

Tout marchand, quel qu'il soit, n'élève une boutique, ne travaille que pour exister, élever ses enfans, pourvoir à leur établissement, faire honneur à ses affaires et préparer un doux repos à ses vieux ans. En conséquence, plus il étend son commerce, plus il varie ses marchandises, plus il assortit ses magasins, et plus il doit s'attendre à prospérer. Ces vérités m'avaient, jusqu'à ce jour, parues incontestables. Que j'étais aveugle! les auteurs-Girouettes viennent de prouver le contraire dans leur article sur M. Beauvarlet. Ce dernier eût été un homme d'honneur et de caractère si, après avoir arrangé la grande symphonie, dite l'*Illustre et heureuse alliance*, à l'occasion du mariage de la jeune impératrice, il s'en fut tenu là; mais le malheureux a osé enrichir son commerce des morceaux suivans : *la Paix*, *l'Union des nations* et *le Retour du roi*, ensuite trois *Domine salvum fac regem*. Vous croirez peut-être que ce sont là tous ses torts; eh bien!

non ; l'infortuné, comme organiste de la paroisse royale Saint-Paul-Saint-Louis, a encore eu l'audace impardonnable de souffler dans les mêmes tuyaux, et le *Domine salvum fac regem* et le *Domine salvum fac imperatorem* : voilà, je crois, de quoi *girouettiser* tous les marchands de musique et organistes de l'univers.

J'aurais avec plaisir réfuté les auteurs du Dictionnaire, si le délit de M. Beauvarlet n'eût été aussi bien constaté ; mais que serait ma timide éloquence contre la masse et l'évidence des torts de l'accusé, lequel voudra bien, sans réclamation aucune, consentir à voir son nom couché dans le livre fameux, entre celui de M. le comte Beaumont, pair de France, et celui de M. le conseiller d'état Begouen. Néanmoins, ce qui peut être encore un motif de consolation pour M. Beauvarlet, c'est que beaucoup de ses confrères partagent ses torts et son titre de Girouette. Il leur était, il est vrai, facile d'échapper à l'accusation : le marchand de musique qui, le premier, vendit dans la capitale la *Marseillaise*, *Ça ira*, *La victoire en chantant*, et le *Réveil du peuple*, devait, une fois ce genre adopté, s'en tenir là en dépit des grands évènemens qui se succédèrent ; il eût sans doute été contraint de fermer boutique ; mais, en récompense, il eût montré du caractère ; et ce qui vaut au moins autant, il ne serait point aujourd'hui dans le fatal Dictionnaire.

Un malheureux cultivateur des environs de la Ferté-Champenoise, sans pain, sans asile, en un mot, totalement ruiné par les évènemens de la guerre, disait dernièrement : « Je voudrais que tout ce qui est maintenant en France fût anéanti ; que tout fût changé, princes, généraux, ministres, préfets et maires. » Le malheureux qui formait alors ces vœux imprudens, avait son excuse dans ses infortunes. Père de cinq enfans, il cultivait paisi-

blement l'héritage que ses ancêtres lui
avaient laissé ; exempt d'ambition et con-
tent de son sort, s'il adressait des vœux
au Seigneur, c'étaient d'heureuses années
qu'il lui demandait. Tout-à-coup, le fléau
de la guerre vient ravager les heureux
cantons qu'il habite ; les champs qu'il a
couverts de sa sueur et d'innombrables
épis disparaissent sous les baraques des
hordes armées ; la main d'un barbare,
vomi sur les bords du Don ou sur les
rives du Volga, incendie ses granges, ses
greniers, ses fourages, sa chaumière, le
berceau qui reçut son premier né. A la
lueur des tourbillonss enflammés, il voit
fuir sa famille épouvantée ; son épouse
enveloppe de ses longs cheveux épars
l'enfant qui, jeune encore, ne peut se
soustraire aux fureurs de l'embrâsement ;
elle s'échappe à travers un gouffre de
fumée, sans savoir où retrouver son malheureux époux. Celui-ci, l'œil morne et
fixe, ne pleure pas, la chaleur de l'incen-

die a tari ses larmes. En un instant, il a
tout perdu : l'héritage de ses pères, le
fruit d'un siècle d'économies et de travaux, tout a disparu pour lui. Les guérets
que tant de fois il engraissa, ne sont plus
qu'un vaste cimetière où de farouches
soldats lui défendent de creuser une tombe
à sa famille prête à mourir de faim ou de
misère.

Un homme frappé de tant de malheurs
à-la-fois, est bien pardonnable de desirer
un nouvel ordre de choses, et dans les
hommes et dans les divers emplois du
gouvernement. Ses infortunes, portées à
leur comble, ne lui permettent plus de
réfléchir aux dangers qui peuvent résulter
d'un changement général. Quiconque a
tout perdu n'a rien à craindre des innovations politiques. L'homme, au désespoir,
devient égoïste : s'il raisonne, c'est pour
lui seul ; tout ne se présente à lui qu'à
travers un crêpe ; les conseils les plus
sages échouent près de sa misère ; dont

souvent il accuse des hommes qui y sont totalement étranger.

Mais, je le répète, l'erreur d'un tel homme est dans l'excès de ses maux. Il n'en saurait être de même de ceux qui, au retour dernier de Louis XVIII, auraient désiré que tout ce qui existe en France depuis vingt-cinq ans fût anéanti, généraux, ministres, sacerdoce et littérature; l'anathême, suivant eux, devait tout comprendre. Trois sortes d'hommes ont émis ce vœu; d'une part, sont les gens superficiels, jugeant de tout sans rien approfondir, et sur-tout amateurs-fous des grands mouvemens politiques; d'une autre part, on y voit ceux que les évènemens de la guerre ont laissés sans ressources; ceux-là méritent quelqu'indulgence. Ensuite viennent des hommes qui croient sottement pouvoir surprendre la religion du prince, en désignant à son refus d'estimables sujets capables de le bien servir. Ce n'est pas au roi seul que

se borne leur machiavélisme : que ne font-
ils pas afin de persuader les Français de
toutes classes , qu'ils ne peuvent décemment plus prendre part à rien de ce qui a
rapport au gouvernement actuel. Heureusement , de pareilles inductions ne sé-
duiront jamais personne ; le monarque
et les sujets auraient trop à y perdre.
Chacun , j'ose le croire , fera le sacrifice
de ses souvenirs , et les hommes de bien
resteront au poste que leur mérite et leurs
talens leur ont acquis.

Denon (Dominique - Vivant) était,
avant la révolution, gentilhomme ordinaire du roi. Jamais personne n'a porté
plus loin le désir de remonter à la source
de ce que les beaux-arts ont de plus riche
et de plus curieux ; les tableaux , les
statues, les groupes antiques , les monu-
mens des anciens peuples, firent de tout
tems ses études et ses délices. Napoléon
Buonaparte , simple général alors (circonstance qu'il faut bien remarquer) ;

Buonaparte, dis-je , rassemble une armée
qu'il destine à porter la guerre sur les
bords du Nil. Le guerrier veut que des
savans le suivent pour rapporter dans son
pays le fruit des nombreuses découvertes
qu'ils pourraient faire dans la patrie pri-
mitive des beaux-arts et des grands mo-
numens. On ne pouvait rien offrir qui
convint mieux aux goûts de M. Denon.
L'Institut, dont il était membre, applau-
dit à son voyage. Cette académie , espérait
que les savans qui suivaient la flotte française, nous rendraient moins sensible la
perte d'un ouvrage précieux sur l'Egypte,
par le père Sicard, missionnaire-jésuite.
M. Denon, à peine sur le sol où s'illus-
trèrent les Ptolomée, ne s'occupa plus que
des recherches qu'il avait prémédité faire
dans ces climats. Le savant , totalement
absorbé dans ses études, s'occupe rarement de ce qui l'entoure. Si M. Denon
se rapprochait quelquefois du général
français , c'était pour en obtenir les

moyens d'augmenter ses découvertes. Je
défie la malignité même de trouver ici le
moindre indice du manège d'un courtisan.
Quiconque écrit, trace une ligne entre ses
actions et celle des autres hommes: dans le
secret de ses conceptions, un écrivain fougueux peut s'agenouiller devant une idée
lumineuse, une phrase sublime, que son
génie lui apporte tout-à-coup; son âme
ardente devient esclave des trésors qu'elle
découvre; une expression hardie, les premiers aperçus d'un plan noble et régulier,
voilà les dieux auxquels il sacrifiera sans
honte. Sortez-le de cette sphère, con-
traignez-le d'encenser un monarque ou
l'homme du jour, son maintien gauche,
sa maladresse vous indiqueront sur-le-
champ qu'il est hors du sol qu'il peut ex-
ploiter. Tel fut constamment M. Denon,
en Egypte, au Musée, sous Buonaparte,
à sa chûte, et tel qu'il sera toujours. Que
lui importait Napoléon sur les bords du
Nil? Pour lui c'était seulement l'homme

qui lui avait procuré les moyens de les visiter. Ne pas l'en remercier eût prouvé
son ingratitude. En effet, de quel plaisir
le savant n'était-il point pénétré, lorsqu'au
matin d'un beau jour il se promenait à
quelques lieues de Kené, l'ancienne Cop-
tos. Un Français méditant sur les ruines
de l'ancienne et magnifique ville de Thè-
bes, qui avait cent portes, mesurant de
l'œil les colonnes, les temples presque entiers de cette cité jadis superbe; un Français, dis-je, s'appuyant sur les débris des
statues d'Epaminondas et de Pélopidas,
est un tableau vaste et sublime, et sur sa
toile se reflètent les plus grands souvenirs
de l'antiquité. Je l'ai vu, moi, ce Denon
à qui de vils prosateurs osent insulter, je
l'ai vu, à Dendera, tracer le plan de l'intéressante description des ruines des édi-
fices élevés par les fameux descendans de
Mezraïm : là, son ame empreinte de nobles
souvenirs, n'avait point la teinte de ces
visages mobiles qui devaient un jour se dé-

12

composer devant l'empereur des Français.
A Souene, ou Assuan, Denon, doulou-
reusement penché sur le tombeau de Juvé-
nal, s'écrie : « En ces lieux fut exilé, ici
« mourut l'énergique écrivain qui noble-
« ment mit au jour les erreurs de son siè-
« cle. » De retour en France, le savant
académicien ne voulut point la priver du
fruit de ses études : bientôt nous eûmes
sur l'Egypte une Description du plus
grand intérêt ; aujourd'hui même il
coopère encore au complément d'un ouvrage immense, dont s'occupent plusieurs
hommes de lettres et artistes distingués.

Quelles étoient donc les intentions des
auteurs du Dictionnaire ? Vouloient-ils que
M. Denon eût abandonné sa place à l'arrivée de Louis XVIII? C'eût été d'abord
manifester des opinions dangereuses : un
homme de lettres, un savant, ne peut en
professer de pareilles; en outre, qui pouvait le mieux remplacer? qui connaissait
mieux que lui les lois de la perspective et

les illusions dé l'optique? Classer des tableaux, les placer dans leur jour, leur ménager les reflets de la lumière et l'opposition des ombres; grouper des statues, leur
opposer des contrastes, sont sans doute des
connaissances qui n'appartiennent pas au
vulgaire des hommes. M. Denon les pos-
sédait néanmoins au suprême degré. Voilà
donc, par conséquent, un titre incontes-
table à la direction du Musée, dans tous les
tems, et sous tous les gouvernemens. Là
ne se bornait point l'avantage qu'il pro-
curait à l'établissement : un souverain et
d'illustres étrangers venaient-ils visiter le
Musée, Denon, chargé de les accompa-
gner, devenait pour eux une notice ani-
mée et parlante; les tableaux, leurs beautés, leur date, le nom de leurs auteurs; les
statues, leur pose, l'élégance ou la hardiesse de leurs formes, leur antiquité, et la
patrie du statuaire, tout était mis à la portée de l'auditoire, surpris des vastes connaissances du directeur. On lui fait un

crime d'avoir fait preuve de pareille ins-
-truction devant le roi et la famille royale,
et d'en avoir obtenu les plus doux suffrages. Je ne répondrai point à cette indé-
cente accusation du Dictionnaire ; ce serait
vouloir les rendre plus coupables que le
génie de ses auteurs ne le comporte : il me
suffit de dire que S. M. Louis XVIII a
cru rendre un important service aux beaux-
arts, en continuant M. le baron Denon
dans sa place de directeur-général du
Musée.

Le nom de Gouvion-Saint-Cyr rappelle
naturellement de brillans souvenirs ; plus
d'un héros de cette illustre maison sont
tombés dans les champs de la gloire. Celui
dont je parle ici, noble héritier de la valeur
de ses ancêtres, a déployé, comme général,
toutes les qualités qui constituent l'excellent guerrier. Issu d'une famille amie des
Bourbons, il fut au comble de ses vœux
lorsqu'il vit l'héritier du meilleur des
Henri : il se prononça sur-le-champ de

manière à prouver qu'il n'avait servi que
la France, et non le guerrier qui l'opprimait; il fut peu de généraux en France
que le roi vit avec plus de satisfaction. Un
Bourbon dit un jour au maréchal : « Le
« nom de Gouvion sonne toujours bien
« aux oreilles d'un enfant de France. »
Louis XVIII, pénétré d'estime pour un
aussi brave homme, s'empressa de cumuler sur sa tête tous les titres qui pouvaient
l'honorer. Le 1er. juin 1814, il le nomma
chevalier de l'ordre royal et militaire de
Saint-Louis; le 4 du même mois, il fut
fait pair de France; enfin le 24 septembre
suivant, il fut promu au grade de colonel-
général des cuirassiers, et nommé com-
mandeur de l'ordre royal militaire de
Saint-Louis. C'est supposer au roi bien
peu de connaissances, c'est lui faire injure,
de classer parmi les gens versatiles et sans
caractère un homme dont Sa Majesté a fait
choix, un homme qu'elle a comblé d'honneurs et de dignités.

La défense de M. le maréchal Gouvion-
Saint-Cyr devient naturellement commune
à M. le comte Gouvion, à qui le roi de
France voulut prouver le cas qu'il faisoit
de lui, en le nommant grand-officier de la
Légion-d'honneur, et pair de France, le
4 juin 1814.

De tous les écrivains, il n'en est pas de
plus exposés à la censure publique que les
rédacteurs des feuilles périodiques; il n'en
est pas que l'on critique avec plus de justice, et que l'on condamne avec plus de
légèreté. Si j'étais roi de France, je n'ad-
mettrais qu'une seule classe d'hommes dans
la rédaction des journaux : là, je recevrais
seulement l'écrivain qui n'a d'autre fortune
que sa plume et son style; j'exigerais fort
peu de probité et de caractère, car il est
moralement impossible de faire exacte-
ment preuve de ces deux grandes qualités
dans une feuille où la pensée, quoiqu'on
en dise et décrète, sera toujours aux fers.
Si c'est un supplice pour l'homme de bien

d'être obligé de s'exprimer autrement qu'il
ne pense, et de plaider une cause à laquelle
il répugne, que l'on juge des tourmens
d'un journaliste que le besoin condamne à
se torturer dans un feuilleton. Nul ne s'in-
quiète de l'embarras d'un rédacteur, et
tous les partis tonnent contre l'auteur d'un
article qui ne plaît pas à l'un d'eux. La
partie morale d'une feuille quotidienne
sera toujours au niveau de la morale publique ; et tout ce qui traite de la politique
sera toujours dans le sens du gouvernement
qui tolère l'impression de la feuille : cela
fut, cela sera, cela ne cessera jamais d'être.
L'homme fortuné qui rédige un journal
est un imbécille ou un fripon, que l'ava-
rice condamne à parler journellement contre son cœur. Le plus sage de ceux que le
besoin d'exister contraint à faire ce pénible
métier, est, selon moi, celui qui, après
avoir donné son article, s'écrie comme
Pilate, « Je m'en lave les mains : »

Dans des tems paisibles, et sous un

gouvernement légitime , la tâche d'un journaliste est beaucoup moins pénible ; dans ses réflexions sur les actes de l'autorité , il ne craint point de blesser les factions qui la détestent, puisqu'il n'en existe pas. Il mesure la hardiesse de ses expressions , car il n'est pas toujours parfaitement libre , à la tolérance du gouvernement sous lequel il écrit. Dans deux articles, quoiqu'absolument opposés , il n'est pas difficile de trouver la véritable opinion d'un journaliste : tout ce qu'il écrit d'après son cœur porte le cachet de l'aisance et de l'expansion , rien n'y sent le travail et la contrainte ; les pensées y coulent d'un seul jet , et la soudure du sophisme s'y voit à peine. Si , au contraire , il écrit par autorité , son style sombre , pénible et travaillé semble exprimer les chagrins qu'éprouve l'auteur d'être forcé d'insulter à l'évidence des faits et d'en imposer aux lecteurs. J'affirme donc , et la mauvaise foi seule peut le

nier, qu'un rédacteur de journaux peut
avoir beaucoup de caractère et n'en point
faire preuve dans les articles qu'il donne.
Celui-là même est estimable, qui, à l'abri
d'un article un peu flagorneur, fait passer
dans sa feuille des hardis conseils et d'excellentes réflexions. Je ne doute pas que
l'esprit de parti, la légèreté de divers
lecteurs et sur-tout l'opinion peu mûrie
qu'une foule de personnes se sont faite de
nos journaux et de ceux qui les rédigent,
ne me contestent la vérité de mes obser-
vations. Que le public se donne seulement
la peine de les approfondir, et bientôt il
sera convaincu qu'en révolution sur-tout,
un journaliste, quel qu'il soit, ne saurait
toujours écrire dans les mêmes principes
et toujours être soi-même. C'est un malheur attaché à l'état; c'est pourquoi je
voudrais en exclure l'homme riche, car il
ne peut pas dire comme les autres rédacteurs : « Si quelquefois nous varions dans
nos articles, nous y sommes contraints

par le besoin de les faire passer et de conserver notre emploi.

Si les vérités émises sur la position difficile où se sont trouvés les journalistes dans le cours de notre révolution ; si ces vérités, dis-je, sont bien senties par le public, M. Boutard sera pleinement justifié de l'imputation de girouettisme, dont le chargent les auteurs du Dictionnaire.

Au nombre des journalistes qui se sont le moins métamorphosés dans le cours des évènemens révolutionnaires, je ne balancerai pas à placer M. Boutard, l'un des collaborateurs du Journal des Débats, ci-devant de l'Empire. Je serais même tenté d'affirmer qu'il a su échapper aux dangers inséparables de son état. Je puis d'autant plus appuyer cette assertion, que les auteurs qui l'accusent de girouettisme, n'ont su motiver leur imputation d'aucun fait qui puisse faire preuve. Il fallait cependant bien quelques prétextes pour insulter le rédacteur. L'affaire était difficile ;

qu'importe ? de pareils gens ne sont jamais embarrassés quand il s'agit de donner un coup de fouet : ils ont déterré dans le Journal de l'Empire , du 28 décembre 1812 , un article où M. Boutard rend compte d'un tableau de M. Roehn , dans la composition duquel se trouve le portrait de l'empereur. Il fallait être , de toutes les Girouettes existantes, les plus rouillées et les plus embarrassés dans leurs mouvemens, pour trouver le plus léger prétexte d'une insulte dans le jugement porté par M. Boutard sur le tableau de M. Roehn ; il fallait n'avoir rien à dire pour supposer aux expressions de l'écrivain l'intention d'aduler le monarque. Avant de rapporter la phrase qui motive, selon le Dictionnaire, l'article contre M. Boutard , qu'il me soit permis de rapporter une petite fable qui , naturellement, trouve ici son application. Cette fable est, dit-on, de Jean Dussaux, né à Chartres, traducteur des satires de Juvenal, et l'auteur des Mémoires sur les satiriques latins ; d'autres disent qu'elle est de Nicolas Faret, de Bourg en Bresse, l'un des premiers membres de l'Académie française. Quoiqu'il en soit, en voici la traduction libre sur l'original latin :

« Un seigneur de village voulait du
« mal à un simple paysan ; n'ayant nul
« prétexte de s'en venger, il en épiait
« l'occasion. Uu jour que le rustre por-
« tait une gerbe de blé sous son bras, le
« vent en détache un fétu, qu'il entraîne
« sur le toît du château seigneurial.
« Au meurtre, s'écrie alors le seigneur !
« Baili ! des juges, une potence ! Un co-
« quin, un scélerat, veut démolir ma
« maison et m'écraser dessous ! Voyez
« déja la poutre qu'il a lancée sur le toît
« (c'est ainsi qu'il nommait la paille qui
« s'était arrêtée dans les tuiles). On va
« chercher le Bailli ; celui-ci arrive, veut
« constater le délit. Vains projets ! plus
« de poutre qui dépose ; le vent avait

« déja emporté le fétu, et le paysan fut
« justifié. »

La phrase de M. Boutard est le fetu ;
le Dictionnaire des Girouettes est le Seigneur, et le public M. le Bailli. Sitôt
qu'on approche l'article à charge, l'auteur est justifié. Que le lecteur me dise si
j'en impose : voici l'article ; c'est M. Boutard qui parle du tableau de M. Roehn.
« Qu'on passe devant son tableau, sans
même remarquer ce qui devrait le faire
distinguer, la disposition des masses, la
finesse des tons, l'imitative et le fini des
détails ; tels, par exemple, que la bro-
derie et l'étoffe demi-usées de quelques
habits, et, ce qui mérite sur-tout d'être
observé, la ressemblance précieuse et si
rare du portrait de Sa Majesté. » J'observe que dans l'ouvrage, précieuse et si
rare, etc., sont en italique. Veut-on
savoir pourquoi ? C'est que les auteurs
ont voulu insinuer que ces expressions
sont adulatrices, se rapportent à la per-

sonne de l'empereur, et non au mérite de l'exécution du portrait. Dans l'opinion prononcée sur le tableau de M. Roehn, est-il un seul mot qui ait rapport aux qualités morales de Napoléon? certes, je ne le crois pas. Le rédacteur ne parle que de la partie scientifique de l'ouvrage, et de la ressemblance précieuse du portrait. Les portraits de Cartouche et de Mandrin, parfaitement bien saisis, seraient aussi, sous les rapports de l'art, des morceaux rares et précieux. La touche du peintre portée au suprême degré de perfection, ennoblit le sujet le plus vulgaire. Les vaches de Paul Poter sont plus recherchées que le meilleur tableau de Louis XIV.

Les auteurs se sont sans doute aperçus qu'un prétexte aussi vague, prétexte même qui n'en était pas un, ne suffirait pas à motiver leur insulte. Ils se sont vîte rejetés sur un extrait d'un article de M. Boutard, où il dit : « De toutes les grandes choses qui se sont faites de nos jours , aucune peut-être n'est plus digne de l'attention du monde que cette fameuse expédition d'Egypte , etc. »

Je n'en citerai pas d'avantage ; je n'aime pas , comme les Girouettes, faire un livre avec des livres. Il me suffit de dire que l'éloge de l'expédition d'Egypte, n'est. pas un seul instant l'éloge de l'empereur des Français. Si le lecteur se transporte au tems où le rédacteur écrivait, ce dernier est tout de suite justifié.

Lorsque l'Egypte fut envahie, Buonaparte n'était encore qu'un guerrier ; on pouvait, sans crime, honorer sa valeur et son génie. Si son ambition et son intérêt personnel n'avaient pas toujours été le mobile de ses actions, la première idée de la conquête de l'Egypte pouvait l'immortaliser. Tout autre qui aurait conçu et réalisé le projet de porter la guerre dans le pays des Pharaons , de soustraire cette intéressante partie du monde au commerce des anglais et à leur influence, cet.

homme-là , dis-je , aurait mérité des
autels, non-seulement en France , mais
peut-être encore dans toute l'Europe. Si
l'Egypte , ce pays si fertile en blé, qu'on
l'appelait le grenier de l'Empire romain,
eût été fermé à l'avidité britannique, c'en
était fait de tout leur commerce dans cette
partie du monde. Les Anglais n'ignorè-
rent pas cette circonstance , aussi ne négli-
gèrent-il rien de ce qui pouvait anéantir
l'expédition française. Ainsi , abstraction
faite de ce que Buonaparte fit dans la
suite , on pouvait sans crime , en 1798,
faire l'éloge de l'expédition d'Egypte. En
avoir fait un prétexte d'insulter M. Boutard , prouve deux choses ; l'une, que
les auteurs du Dictionnaire veulent , à
quelque prix que ce soit , éclabousser
toutes les classes de la société ; l'autre,
qu'ils n'ont pas même assez de sagacité
pour choisir des victimes ; car , entre
nous soit dit, il est des milliers de personnages qui auraient à plus juste titre

figuré dans les Girouettes ; mais les auteurs se sont bien donné de garde de les inscrire dans leur ouvrage. On me demandera pourquoi ? La réponse est dans le livre et dans l'intention de ceux qui le composèrent. Comment ces Messieurs ont-ils eu le courage de rapporter l'article inséré le 10 mai 1814 ? Là, M. Boutard passe sagement en revue les fautes et les crimes du ci-devant monarque. Cet excellent morceau ne sent pas plus une Girouette que le Dictionnaire un bon livre.

Si Caligula ne pouvait tuer un homme, il tuait une mouche. L'âme féroce du prince se retraçait jusque dans son désœuvrement ; de même la méchanceté et le desir de nuire percent dans toutes les parties du Dictionnaire. Sans doute que les auteurs manquaient de grands personnages le jour qu'ils rédigèrent l'article concernant Huet, artiste du théâtre Feydau. Son nom se trouva sous leur plume, et, tout de suite, il fut accolé à dix-sept li-

13

gnes d'injures et même de calomnies. «*On assure*, disent les auteurs, que Huet fut un des instigateurs de la scène scandaleuse qui s'est passée dans une église de la rue Saint-Honoré, lors de la présentation du corps de la défunte et illustre demoiselle Raucourt. » J'observe aux auteurs, qu'en fait de dénonciation, on ne peut pas se servir de cette expression : *on assure*. Il faut affirmer ou se taire, sous peine d'être regardé comme faussaire, et suspecté de calomnie. Que diraient-ils de moi, si j'imprimais : « *On assure* que les auteurs du Dictionnaire des Girouettes, sont des hommes qui voudraient bien ce dont on ne veut plus en France? » Certes, je ne me permettrai jamais d'imprimer une phrase aussi inconséquente. En pareil cas, il ne faut pas dire : *on assure*, mais franchement, j'assure et je prouve. Par exemple, moi, beaucoup plus hardi que les auteurs Girouettes, parce que j'ai les preuves en main, j'assure que leur Dictionnaire est un très-mauvais livre, qui pourrait devenir dangereux, si ce n'était une rapsodie continuelle, sans mérite et sans choix.

Huet fut un des nombreux artistes et savans qui suivirent le convoi d'une actrice célèbre parmi nous. Comme acteur il fut péniblement affecté de voir refuser l'entrée de l'église aux restes inanimés de sa défunte amie et camarade. Ce sentiment fut aussi celui de tous les honnêtes gens qui suivaient le cercueil. Le roi même n'approuva pas entièrement le zéle inconsidéré d'un ministre de Dieu, qui, sans égard au tems et aux circonstances, voulut ne point déroger aux anciens statuts.

Huet expulsé de la musique des mousquetaires veut dire, sans doute, Huet chassé de la musique des mousquetaires. Si le fait n'est pas, Huet est donc bien au-dessus des injures pour ne point demander compte aux auteurs, de ce petit trait de délation. Quoi qu'il en soit, la

scène de Saint-Roch et le fait relatif aux
mousquetaires n'ont rien de commun avec
ce qui peut établir des droits au Dictionnaire des Girouettes : ce sont des faits domestiques et particuliers qui n'établissent
aucune opinion politique. Rien, absolument rien, ne justifie le procédé des auteurs. Que dis-je, rien ? Je me trompe.
Huet était coupable, très-coupable, il ne
pouvait échapper à l'insulte des Girouettes,
et voici l'arrêt que la société prononça
contre lui.

« Comme il est constant que le sieur Huet,
artiste du théâtre Feydeau, a constamment
manifesté des sentimens en faveur du roi ;
qu'au 20 mars il a émigré et suivi le prince
à Gand ; qu'il est rentré à Paris le même
jour que Louis XVIII ; qu'il faisait partie de son escorte, et portait un des pha-
nons de la garde nationale sur lequel
étaient ces mots :

« On en revient toujours,
« A ses premières amours : »

en conséquence de tous ces faits duement
et fidèlement prouvés, condamnons ledit
Huet à recevoir trois Girouettes et un article dans le Dictionnaire où le rédacteur
aura le soin de le bien honnir et vilipender,
le calomnier même s'il le faut.

Donné et prononcé sans motif et sans
raison, à Paris le.... etc. etc. »

Signé, MALINTENTIONNÉ, *président.*
JÉREGRÈTE, *secrétaire.*

J'ignore si le sieur Huet n'appelera pas
de la sentence. Tout bien calculé, il ferait
mieux de s'en tenir à ce que le public en
pense.

Parmi les infortunés que proscrivait
Denis, tyran de Syracuse, il avait toujours soin de comprendre quelques-uns
de ses meilleurs amis. Ses flatteurs disaient
alors : « Voyez combien le prince est juste
et impartial. Ni le cri du sang, ni les liens
de l'amitié n'arrêtent la sentence ; là où

il reconnaît le coupable, il le punit. » C'est
sans doute d'après de tels principes, que
la société des Girouettes s'est imposé la
tâche pénible d'inscrire au fameux Dictionnaire le nom du célèbre Regnault-
d'Angely. Si le public connaissait combien
ce douloureux sacrifice a coûté à la société, j'aime à croire qu'il lui en saurait
gré. Entacher quelque peu un homme,
un ami qu'intérieurement on voit blanc
comme neige, est sans doute quelque chose
de bien grand, de bien méritoire. Néanmoins si le plan de leur ouvrage exigeait
que cette victime fût immolée aux mânes
de celles qu'ils font tous les jours, qu'il
me soit permis de la justifier.

Michel-Louis-Etienne Regnault naquit
en 1762, à Saint-Jean-d'Angely. Destiné
de bonne heure au barreau, M. Régnault
fit sa principale étude de tout ce qui pouvait lui promettre des succès dans cette partie. Doué d'une excellente mémoire, hardi
dans ses conceptions, orateur impétueux,

serré , mais toujours décisif , bientôt il se fit un nom , et ensuite un système dont il n'a jamais dévié. Successivement à la tribune des états-généraux et ensuite à celle de l'assemblée constituante, Regnault se dit : « Un nom , de l'éclat , des biens , des honneurs et des titres , voilà le cercle brillant que je dois parcourir , quels que soient les gouvernemens sous lesquels je vivrai.»

Si de tout tems le seul moyen de parvenir fut d'encenser les grands , combien cela devait-il être plus vrai en tems de révolution? Un prince légitime qui ne craint point de se voir enlever le trône d'un moment à l'autre, pourrait aisément se passer de flatteurs ; ce serait même un bonheur pour ses peuples et pour lui que jamais il n'en eût ; mais un gouvernement provisoire , un prince éphémère , un usurpateur ne peuvent point s'en passer. L'adulation les soulage de l'incertitude de leur puissance.

Sous un prince vertueux et légitime, il

est plus de courtisans que de flatteurs.
Sous un tyran, il est peu de courtisans ;
mais tout y rampe et flagorne jusqu'à la
bassesse : sous un despote il faut, pour lui
plaire, applaudir aux forfaits qu'il caresse,
et prêter à ses plus criminels desirs les
couleurs de la justice. Quel homme a mieux
connu ces vérités que Regnault-d'Angely?
quel homme a mieux su les mettre en pratique et en tirer parti? Concentrant toutes
ses actions dans son système et dans son
ambition personnelle, il réfléchit sagement
qu'il était plus facile d'aduler un seul
homme puissant que plusieurs petits des-
potes; c'est pourquoi, depuis la constituante
jusqu'à ce jour, il n'a jamais penché pour
le gouvernement de plusieurs. S'il a quelque peu figuré sous la république, c'est
qu'il ne pouvait mieux faire : il est peut-
être le premier Français qui ait eu le secret
de l'ambition du premier Consul. Avec
quelle joie son égoïsme s'élançait dans ce
brillant avenir ! Son espoir ne fut pas

trompé ; ét si jamais mortel dut s'applaudir du systême qu'il s'était créé, ce fut sans doute l'avocat de Saint-Jean-d'Angely, Grand-aigle de la Légion d'honneur, ministre d'état, président du conseil d'état, section de l'intérieur, procureur-général près la haute cour impériale, secrétaire d'état de la famille impériale, membre de l'Institut, comte de l'empire, etc., en voilà dix fois trop pour prouver qu'en se créant une route à la fortune, il ne sut jamais en dévier. Il est vrai qu'un homme vulgaire n'eût point atteint ce faîte des honneurs.; il fallait avoir épuisé la quintessence du code de l'adulation, et porté au plus haut degré l'art funeste de revêtir des plus brillantes couleurs des propositions atroces et sanguinaires. Les orateurs de l'antiquité baisseraient pavillon devant son discours du 11 novembre 1813. Un guerrier turbulent venait d'engloutir une armée ; il charge Regnault d'en demander une autre au même peuple qui pleurait

non-seulement celle qui venait d'être mas-
sacrée, mais encore dix autres qui l'avaient
précédée. Que fait Regnault? Croyez-vous
qu'il refuse de faire cette demande? croyez-
vous qu'il craint les imprécations d'un
peuple entier? non : tout entier à son intérêt personnel, conséquemment tout entier au despote qui le charge de biens et
d'honneurs, Regnault monte à la tribune,
la fait retentir de phrases brillantes et
pompeuses ; et l'auditoire, étourdi du
fracas des périodes, vote la mort de trois
cent mille hommes.

« Je ne doutais nullement d'obtenir ce
petit paquet d'hommes, disait cruellement
Buonaparte à Savary ; j'avais chargé Regnault de le demander. »

L'empereur ne fut point ingrat. De
nouveaux titres et un monceau d'or ré-
compensèrent le zèle de l'orateur. Où donc
trouver un seul aperçu de Girouettisme
dans la carrière du comte Regnault? Par-
tout je le vois le même et tout entier à

son ambition, à sa soif des richesses et des grandeurs. A-t-il aimé Buonaparte? oui, parce que Buonaparte l'a chargé de biens. Eût-il de même servi le roi? oui, si le roi l'eût admis à ses conseils et s'il eût ajouté à ses titres. Cette inconstance apparente n'en est pas une réelle, c'est au contraire la preuve la mieux caractérisée d'une ambition qui ne s'est jamais démentie. L'individu qui dit: « Je veux atteindre à ce but, et rien ne m'arrêtera dans ma course », n'est sans doute pas une Girouette.

Il n'est pas d'hommes en France, qui, au mois d'avril 1814, aient montré plus de caractère que le comte Regnault. Combien d'autres à sa place se seraient paisiblement retirés. Ce parti, quoique sage en apparence, n'eût pas moins démontré un homme faible et timide, incapable de faire front à l'évènement et de le braver. Si l'ancien orateur du gouvernement impérial en eût agi ainsi, il eût alors manqué à son caractère. Buonaparte était parti; qu'importait cette circonstance à M. Regnault, puisque Louis XVIII rentrait en France? Qui lui avait prouvé que sous ce monarque il n'y avait plus rien à glaner pour lui? personne : eh bien! il resta pour l'éprouver; il fit mieux, il entreprit de faire l'éloge de ce prince. Quel homme pouvait mieux se connaître dans l'art fameux d'encenser un roi? Cependant il fut modeste, un autre dirait pusillanime; il eut l'adresse de mettre l'éloge de Louis XVIII dans la bouche du chantre de la Pitié. Ce léger ménagement serait une petite tache à son caractère, si les évènemens du mois de juin 1815 ne l'avaient totalement relevé. Ceux qui sont persuadés que ce galant homme ne varia jamais dans le système de son intérêt personnel, en ont eu une forte preuve le jour de son discours à l'Institut. Ainsi les six Girouettes que lui donne le Dictionnaire est un présent gratuit qu'on lui fait sans doute à contre-cœur.

Tout état comporte ses désagrémens et

ses plaisirs : le Dictionnaire des Girouettes
en est la preuve. Si je me suis assimilé aux
chagrins qu'il éprouva lorsqu'il fut contraint d'immoler quelques-uns de ses véritables amis, je conçois aussi la satisfaction
qu'il éprouve à fustiger les personnes de
mérite et de génie.

Si ; dans les grands qui suivirent Buonaparte, il en fut un opposé d'esprit, de caractère et de sentimens, à l'ambitieux
guerrier, ce fut le maréchal Victor, duc
de Bellune, et grand-aigle de la Légion
d'honneur : soldat intrépide, général habile et sage, il aurait voulu devoir ses succès à d'habiles manœuvres, et non à des
torrens de sang. « De sanglans lauriers, des
chants de guerre n'étoufferont jamais que
momentanément les remords secrets du
conquérant et les cris de l'humanité en
deuil. » Ou mon cœur, ou les circonstances
me trompent ; mais je ne connais rien de
sublime comme cette phrase du maréchal
duc de Bellune : «La religion, l'humanité,

« ont donc aussi des droits sur le cœur des
« premiers compagnons d'armes de Buo-
« naparte ! » L'homme de fer ne leur avait
point imprimé sa dureté. La proclamation
du maréchal Victor, à son quartier-géné-
ral de Sedan, le 10 mars 1815, innocente-
rait un siècle d'erreurs : là point de demi-
phrases, point de réticences ; tout y est
frappé de manière à se proscrire sans retour. La juste indignation de ce véritable
ami du roi avait sans doute prévu le déluge
de maux que le retour de Napoléon allait
opérer en France. Tant de fermeté dans
les principes que l'honneur et l'amour de
sa patrie lui avaient dictés, ne pouvait
qu'ajouter à l'estime que le roi lui avait
vouée : il vient d'y mettre le sceau, en lui
confiant la présidence du collége électoral
d'un des départemens les plus importans
du royaume.

Si un homme, quel qu'il soit, avait le
secret ou l'adresse de ramasser dans un
livre tous les noms des habitans de Paris,

depuis celui du malheureux qui meurt de faim dans un grenier du faubourg Saint-Marceau, jusqu'au nom falsifié du riche parvenu de la Chaussée-d'Antin, je suis sûr que le manuscrit d'un tel homme ferait la fortune de dix libraires. Que serait-ce donc si le compilateur attachait à chaque nom deux ou trois lignes de malice ou de calomnie : alors l'Encyclopédie rapporterait moins. « Je suis imprimé ; que dit-on « de moi? achetons vite le livre » : voilà ce que se dirait tout le monde. Les compilateur du Dictionnaire, tout ignorans qu'ils sont, n'ont pas laissé que d'entendre cette vérité : aussi leur ouvrage est-il à la seconde édition. Il est vrai qu'ils en ont infesté tous les étalages des bouquinistes. Ils raisonnaient cependant assez bien, quand ils se sont dit : « Des lambeaux de papiers « épars dans la rue, et ramassés au petit « crochet, font de l'argent à qui les vend ; « faisons donc aussi de l'argent, n'importe « comment et avec quoi. » L'ouvrage im-

primé par le sieur Eymery n'est donc
qu'une opération mercantile : j'en serais
satisfait pour l'honneur des lettres. Ce qui
me confirme parfaitement dans cette idée,
c'est que le nom du sieur Eymery (Alexis),
qui se trouvait dans la première édition,
ne se trouve point dans la seconde : il a eu
honte de son propre ouvrage, ou plutôt il
a senti qu'il y avait plus que de l'amour-
propre à s'associer aux noms du prince
royal de Suède, à celui du prince Talleyrand de Périgord, et autres non moins
marquans.

Les auteurs ou éditeurs, comme on
voudra bien le croire, auraient bien dû
supprimer aussi le nom du sieur Testu,
imprimeur : l'article qui le concerne, sent
le faiseur d'une lieue. Le livre fût-il tout
entier d'une autre main, je parie que
c'est un confrère imprimeur qui a rédigé
la sotte tirade contre l'éditeur de l'alma-
nach royal. Tous les libraires de Paris se
seraient moqué du sot confrère qui aurait

fait un crime à un libraire de vendre
et Voltaire, et Fréron, et l'histoire de
Charles Ier., roi d'Angleterre, et celle du
protecteur Cromwel. La presse ne doit-elle
pas gémir pour tous les ouvrages que les
connaissances humaines et nos besoins,
veulent bien lui livrer. Dans le sens du
Dictionnaire, tous les imprimeurs et
libraires du monde auraient des droits
à la société des Girouettes. Leur commerce les contraint, l'un à vendre Ma-
chiavel et l'imitation de Jésus - Christ,
l'autre à soutenir son commerce et sa
maison avec les Parole et Faits mémo-
rables de Napoléon Buonaparte, suivis du
Précis historique sur le même, de ses
Mémoires secrets, ses Amours, etc. :
vendre tous les genres que tiennent les
libraires, voilà quel doit être leur but
et leur politique. Ainsi donc, il n'appartenait qu'à un confrère sottement jaloux, de mettre au rang des Girouettes un
libraire dont tout le tort est d'avoir vendu

14

des almanachs sous Napoléon et sous Louis XVIII.

Il est des sottises qui, à force d'en être, n'en méritent plus le nom. Celui qui a conseillé à la société des Girouettes de comprendre Napoléon Buonaparte dans leur Dictionnaire, était un fou ou n'avait pas le sens commun. Napoléon Buonaparte, une Girouette ! ah !

> Sots écrivains ont leurs licences. Mais
> Celle-ci passe un peu les bornes que j'y mets.
>
> PIRON.

Buonaparte !.... quel homme fut plus constamment ambitieux, avide de conquêtes, de sang et de larmes ? Quel homme a déployé sur la scène du monde un caractère plus constamment prononcé contre le bonheur général et le repos de l'univers ? Les droits des souverains, ceux de leurs sujets, l'intérêt de la France, le sien propre ont-ils un moment ébranlé le caractère de cet homme formé des

laves refroidies du mont Vésuve? En sa
présence, sous ses yeux, des villes en-
tières on été embrâsées, des populations,
des masses d'êtres animés sont tout-à-coup
devenus des cendres ; ces cendres, sou-
levées par les vents, sont venues dans
sa bouche ; la poussière de l'homme
anéanti a pénétré dans son cœur; en a-
t-il été suffoqué ? non ; son cœur était
d'airain. Trois cents mille enfans de
France sont morts torturés de froid dans
les déserts glacés de la Russie. Il les a
vus ; a-t-il versé une larme, une seule
larme ? a-t-il dit : plus de guerre, plus
de conquêtes ; paix au monde ! non; il
a fui. Toujours le même, il a de nouveau
dit à la France: « Je viens de faire déchirer trois cents mille de tes fils, il me
faut encore trois cents mille de tes enfans. J'ai fait un pacte avec la mort ;
j'alimente la destruction.» Girouettes, est-
ce bien-là Buonaparte? est-ce bien-là son
caractère? en a-t-il changé un seul mo-

ment? non : du berceau jusqu'à la tombe,
il fut et sera toujours le même. J'ignore,
si le portrait que j'ai tracé de l'ex-empereur conviendra aux auteurs du Dictionnaire : j'aime cependant à croire qu'ils
m'en avoueront la parfaite ressemblance ;
cette justice, qu'ils ne peuvent me refuser, sera, de leur part, un aveu formel
qu'ils se sont furieusement trompés en
inscrivant Napoléon Buonaparte dans leur
ouvrage ; car il est malheureusement
prouvé que le guerrier Corse ne fut pas
plus une girouette, que le Dictionnaire
est un bon livre.

Jugeons l'homme d'après ce qu'il est ;
n'exigeons jamais impérieusement qu'il
soit ce que momentanément il ne saurait
être ; honorons celui qui, plus fortement
constitué que les autres, s'en montre le
supérieur et par sa morale et par ses

actions. Le nombre en est si petit, que nous ne risquons pas de nous épuiser en éloges. Du reste, indulgent pour la faiblesse générale, ne donnons point de coupables couleurs à la légèreté ou plutôt à l'inconséquence des individus. L'homme de bien ne trouve souvent qu'une erreur où les méchans signalent un crime.

Je ne crois pas que les auteurs-Girouettes goûtent jamais une morale aussi fraternelle et d'aussi doux principes. Le desir de nuire et la méchanceté ne reposeront jamais sur l'oreiller de l'indulgence. Le reptile ne préféra-t-il pas toujours la fange d'un marais à l'air embaumé d'un parterre ?

S'il en était autrement, les collaborateurs du Dictionnaire des Girouettes n'auraient pas vu dans l'assemblage de rimes légères, dans les bluettes d'un vaudeville, et dans les folies de quelques joyeux soupers ; ils n'auraient pas vu, dis-je, l'opinion et le caractère des auteurs qui coopérèrent gaîment à ces divers ouvrages aussitôt oubliés que conçus.

C'est bien peu connaître ses compatriotes que de les accuser sur d'aussi faibles apparences. L'inconséquence de quelques productions citées dans le Dictionnaire est l'effet naturel de notre légèreté, et quiconque nous en fait un crime, est un sot.

Le Français, plus sérieux, plus réfléchi, serait moins aimable et plus malheureux. La raison en est que beaucoup plus sensible que les autres peuples, il sentirait plus fortement ses malheurs. La légèreté de son caractère lui sauve les dangers de sa sensibilité. L'Anglais, dans le chagrin, se fait sauter le crâne; si l'Allemand souffre, il s'enivre; l'Italien trahi par sa femme, la poignarde; le grave Espagnol, dans le besoin, tombe aux pieds d'une madone; le Français au désespoir chante, oublie un moment ses peines, et chante encore. Quelle est la plus aimable de ces diverses nations ? Depuis des siècles, l'univers a prononcé.... la France.

Si tel est le caractère général des Français, combien, à plus forte raison, devons-nous être indulgens pour des bagatelles échappées dans l'ivresse de la composition; bagatelles oubliées dès le lendemain?

Barré, Radet, Desfontaines, Piis, Armand-Gouffé, Désaugiers et autres, auriez-vous jamais cru qu'un jour, de froids compilateurs signaleraient votre opinion politique et votre caractère, d'après les saillies de votre aimable gaîté et les bouffées poétiques de vos heureuses coteries ? Joyeux convives, rien n'a pu vous soustraire aux sarcasmes des déblayeurs de journaux. Vous êtes des Girouettes, oui, des Girouettes chantantes. Cependant, si quelque chose peut vous consoler de ce malheur, n'oubliez pas que vous le partagez avec des princes, des héros, des ministres et des magistrats, avec l'Institut, l'Université, les Ecoles de

droit et de médecine, le boulanger Hédé;
que sais-je ? avec toute la France.

Vainement on a dit à vos ennemis : le
cerveau d'un poète est une cire molle et
flexible où s'imprime naturellement tout
ce qui le flatte, le séduit et l'alimente.
La muse du chant n'a pas de parti ; c'est
une étourdie sans conséquence qui folâtre
également et sur de riches gazons et sur
d'arides bruyères. Un poète en délire
chante indifféremment Titus et Thamas,
Louis XII et Cromwel, Christine de
Suède et Fanchon la Vielleuse.

Dans la fougue de ses conceptions, le
Pinde est sa patrie, les lois de l'harmonie
sa politique, et la rime son opinion. S'il
est récompensé, tant mieux. Il passera sans
difficulté, à deux de ses doigts les plus
voisins, et le riche anneau d'un usurpateur, et le rubis éclatant d'un monarque
légitime. L'un et l'autre lui retracent qu'il
est poète, homme de génie et considéré :
c'est tout ce qu'il ambitionne.

FIN.

www.ingramcontent.com/pod-product-compliance
Lightning Source LLC
Chambersburg PA
CBHW050355030726
47503CB00006B/1862